COLLECTION FOLIO

6,60

W0368875

François-Henri Désérable

Tu montreras ma tête au peuple

Gallimard

© *Éditions Gallimard, 2013.*

François-Henri Désérable est né à Amiens en 1987. Il a été distingué par le prix littéraire de la Vocation pour *Tu montreras ma tête au peuple*, sa première œuvre littéraire.

À mes parents,
à Martine de Lapparent,
et à toi, évidemment.

It was the best of times, it was the worst of times.

CHARLES DICKENS,
A Tale of Two Cities

C'EST LA FIN QUI COURONNE L'ŒUVRE

— Est-il vrai, mademoiselle, que vous êtes l'arrière-petite-fille de Corneille ?

Il a posé la question du bout des lèvres, *mezza voce*. Pas comme Fouquier, tout à l'heure, comme si cette filiation, forcément déshonorante pour le grand homme, eût été inconcevable et, fût-elle avérée, devait être cachée. Lui n'est pas comme ça. Il n'y a dans sa voix ni l'ironie acerbe de l'accusateur public, ni son incrédulité. Il révère le dramaturge ; il ne condamne pas sa descendance. Je le vois dans ses yeux, délicatement plissés. Il se demande : se peut-il que le sang qui coule dans les veines de cette fille, que ce sang qui, bientôt, coulera sur les planches de l'échafaud, soit celui de l'auteur d'*Horace* et d'*Andromède*, de *L'Illusion comique* et du *Cid*?

Il eût fallu, pour continuer à vivre, renoncer à se comporter en héroïne cornélienne. Je suis Judith décapitant Holopherne, Brutus poignardant César, Rodrigue transperçant le corps du Comte. Je suis Marie-Charlotte Corday d'Armont et j'ai assassiné Marat. Mon aïeul eût été fier de moi.

— Oui. Cela est vrai.

Il continue à peindre. Il a commencé mon portrait pendant le procès, dans la salle de l'Égalité. Je le voyais, à moitié caché derrière une des colonnes, appliqué, presque fasciné, donner des coups de crayon pendant que les témoins défilaient. Après que les jurés eurent délibéré, que l'accusateur public eut requis la peine de mort, que le président eut prononcé la sentence, je ne demandai qu'une seule chose : que le peintre fût autorisé à me rejoindre dans la cellule afin d'y achever mon portrait.

Je romps le silence :

— Et vous, quel est votre nom, citoyen ?

— Pardonnez-moi, je ne me suis pas présenté. Jean-Jacques Hauer, capitaine de la Garde nationale, commandant en second du bataillon de la section du Théâtre-Français. J'ai été l'élève de David.

— Il paraît que David va peindre la mort de Marat.

— Oui. Il a commencé un tableau.

— Vous l'avez vu ?

— Les croquis seulement.

— M'a-t-il représentée ?

— Non. Le corps dans la baignoire est recouvert d'un madras souillé de sang. La tête, enveloppée d'un turban, penche légèrement. Sa main droite, pendante, tient une plume, la gauche une feuille. À droite, un billot de bois. Et sur le sol, un couteau à manche blanc.

— Eh bien, le citoyen David a pris des libertés : le manche du couteau était noir. Je l'ai acheté dans une boutique du Palais-Royal.

Il me regarde. Je lui souris. Il hésite, puis il demande :

— Vous étiez déjà venue à Paris ?

— Non, dis-je. C'est la première fois. La dernière aussi. Je suis partie le 9. Deux jours de voyage en turgotine avec une escale à Lisieux. Il y avait huit passagers dans la diligence. De bons Montagnards, dont les propos étaient aussi sots que leurs personnes. L'un d'entre eux me prit pour la fille d'un de ses amis, me supposa une fortune que je n'ai jamais eue, me donna un nom que je n'avais jamais entendu, et finit par m'offrir sa main dont je n'aurais jamais voulu. Quand je le quittai enfin à Paris, je refusai de lui donner l'adresse de mon père à qui il voulait me demander. Il partit de bien mauvaise humeur. Piètre séducteur...

— Vous devez bien avoir un amoureux ? Une jolie fille comme vous...

— Dieu m'en préserve. J'ai toujours dit que je ne me marierai pas. Jamais personne n'aurait, sur l'adresse de ses lettres, à me donner le titre de Madame. Mon cœur n'est susceptible que d'un seul amour, celui de la patrie. Et puis j'ai toujours préféré la compagnie des livres à celle des hommes.

— Vous lisiez beaucoup ?

— Il semble que, toute ma vie, je n'ai fait que cela. Quelques heures avant de rendre visite à Marat, je lisais Plutarque dans ma chambre. Je me rappelle un passage que j'ai souligné. L'auteur y compare Dion et Brutus : « Ce qui fait la principale louange des deux personnages, écrit-il, c'est la haine contre les Tyrans et l'exécration de leur méchanceté. »

— Croyez-vous avoir tué tous les Marat?

— Celui-ci mort, les autres auront peur... Peut-être.

— Et pourquoi Marat? Pourquoi pas Robespierre ou Danton?

— C'est Marat qui entretenait le feu de la guerre civile pour se faire nommer dictateur, c'est Marat qui pervertissait la France par ses écrits, c'est Marat qui se disait l'ami du peuple alors qu'il était le pire ennemi de la patrie. En tuant un seul homme, j'en ai sauvé cent mille.

Silence. Il peint.

— Il vous reste de la famille?

— Bien sûr. Qui n'en a pas? Mon père était agriculteur. Mais aujourd'hui, il dépense son énergie dans ses procès. Une histoire de dot jamais payée par mes oncles. Mes frères ont tous deux émigré et j'ignore où ils sont. L'un serait parti en Espagne, et l'autre pour le Brabant. J'ai également une sœur, Éléonore, plus jeune de deux ans. J'ai passé toute mon enfance avec elle. Sa santé était fragile : elle est née bossue. J'ai pris soin d'elle, je lui ai appris à coudre, à faire le pain, à donner à manger aux poules. Elle va me manquer.

— Et votre mère ?

— Morte en même temps que l'enfant qu'elle portait. J'avais quatorze ans.

Il ne dit rien. Je continue :

— On les a enterrés ensemble. Je ne m'en suis jamais tout à fait remise. Après la mort de notre mère, nous sommes entrées, avec Éléonore, à l'abbaye royale de la Sainte-Trinité. Nous y apprîmes la musique, le dessin, la dentelle, les bonnes manières et les rituels religieux. J'écrivais des vers et, surtout, je lisais : *Les Vies parallèles, Le Contrat social, L'Histoire des Deux Indes.* Et bien sûr, Corneille. Et puis ce fut la Révolution. En faisant tomber la tête du roi, les hommes qui devaient nous donner la liberté l'ont assassinée. Je n'ai jamais été royaliste. Lors d'un dîner, j'ai même refusé de boire à la santé de ce roi certes vertueux, mais trop faible pour être bon. Je suis républicaine. Je l'ai toujours été. Mais le jour où j'ai appris qu'on avait guillotiné le roi, mon cœur a tressailli d'indignation. J'ai pensé, ce jour-là, que la Révolution était mal engagée.

Après la mort du roi, ce fut celle de l'abbé Gombault. Ce brave abbé, qui s'était tant occupé de ma mère dans ses derniers moments, refusa de prêter serment. Il se cacha, on le trouva. Il fut guillotiné place Saint-Sauveur, à Caen. J'ai pensé, ce jour-là, que la Révolution était cruelle.

Puis les députés girondins, menacés d'arrestation, se sont réfugiés dans l'hôtel de l'Intendance, rue des Carmes. J'ai assisté à certaines de leurs réunions. Ils parlaient beaucoup, ils agissaient peu. J'ai su, ce jour-là, que la Révolution était perdue. Il fallait que quelqu'un la sauve.

J'ai longtemps hésité. J'écrivais sur des petits papiers : « Le ferai-je ? Ne le ferai-je pas ? » Jusqu'au bout, j'ai porté cette interrogation.

— Votre famille connaissait-elle vos desseins ?

— Non. Avant de partir pour Paris, j'ai voulu voir mon père une dernière fois, et puis je me suis ravisée. J'en aurais eu trop de douleur. Alors je lui ai envoyé une lettre dans laquelle je lui disais partir pour l'Angleterre.

— Vous n'avez pas eu de nouvelles depuis ?

— Non. Je lui ai écrit une nouvelle lettre, hier, dans laquelle je lui demande pardon d'avoir disposé de mon existence sans sa permission. J'espère qu'il ne sera point tourmenté, qu'il m'oubliera ou, plutôt, qu'il se réjouira de mon sort, car la cause en est belle. Le crime fait la honte, et non pas l'échafaud.

Je le vois qui hésite. Mais il demande :

— Comment était-ce de...

— D'assassiner Marat ?

— Oui.

— Plus facile que je ne l'aurais pensé.

Il n'ajoute rien. Peut-être a-t-il peur de m'offusquer. Mais j'ai envie de parler :

— Je ne savais pas où il habitait. Je demandai à un cocher de m'y conduire, mais il ne connaissait pas l'adresse. Il se renseigna : Hôtel de Cahors, 30, rue des Cordeliers. Il m'y emmena. La porte ouvrait sur une cour sombre, presque lugubre. La gardienne m'indiqua où logeait le citoyen Marat : « Au premier étage », me dit-elle, ajoutant qu'elle avait pour consigne de ne laisser monter personne : « Le citoyen est très malade. Il doit se reposer et ne reçoit pas. » Je partis me promener une heure dans les rues de Paris, revins à l'hôtel de Cahors et grimpai l'escalier en toute hâte.

Il y avait là trois femmes : « J'arrive de Caen et je souhaite parler au citoyen Marat, dis-je à l'une d'entre elles. – Impossible. Le citoyen ne peut recevoir personne. » J'insistai. « Écrivez-lui ! » Je retournai à l'hôtel de la Providence où j'étais descendue lors de mon arrivée à Paris et rédigeai un billet : « Je viens de Caen. Votre amour pour la Patrie doit vous faire désirer de connaître les complots que l'on y médite. J'attends votre réponse. » J'avoue que l'artifice était perfide. Mais c'était le seul moyen de l'attirer à me recevoir, et tous les moyens sont bons dans une telle circonstance. Je comptais, en partant de Caen, le sacrifier sur la cime de la Montagne, mais il n'allait plus à la Convention. Il *fallait* que je fusse autorisée à pénétrer dans cette salle de bains où, m'avait-on dit, il passait le plus clair de son temps, plongé dans une baignoire en forme de sabot recouverte d'une planche sur laquelle il écrivait ses appels au meurtre et à la délation.

Il était près de sept heures du soir quand, pour la troisième fois de la journée, je me rendis au domicile de Marat. La gardienne n'était pas dans sa loge et je pus facilement monter jusqu'à l'étage. La femme qui m'avait déjà éconduite le matin voulut derechef me chasser. Je demandai si Marat avait reçu ma lettre : « Je n'en sais rien, me dit-elle, il en reçoit tant... » J'insistai pour le voir, refusai de partir et haussai le ton. Marat m'entendit : « Simone ! » cria-t-il – j'ai appris depuis qu'il s'agissait de sa femme, ou tout au moins qu'il lui avait promis de l'épouser. Elle partit le voir, échangea quelques mots avec lui, puis revint vers moi : « Le citoyen Marat consent à vous recevoir, me dit-elle. Faites vite, il doit se reposer. » Elle inspecta mon sac. Rien qui pût faire naître le moindre soupçon : il n'y avait là que mon passeport, ma bourse, une montre et un peloton de fil blanc. Le couteau était logé entre mes seins.

J'entrai dans la salle. Sur le mur : deux pistolets croisés et une carte de la France au-dessous de laquelle se trouvait une pancarte avec, en lettres capitales, ce mot qui résumait le combat de toute une vie : « Mort. » Marat était dans sa baignoire, le torse nu, un mouchoir sale autour de la tête. Il paraît qu'il souffrait terriblement d'une maladie de peau, que la douleur de ses plaies suintantes ne s'atténuait que dans son bain. Et de ce bain émanait une odeur si nauséabonde – un mélange de soufre et de vinaigre – que je décidai de ne plus respirer que par la bouche. C'est pour cela, peut-être, que je ne me suis pas attardée. Et puis, qu'on se le dise, j'étais résolument décidée à le tuer. En abrégeant ses souffrances, j'allais abréger celles du peuple français.

— Que me veux-tu, citoyenne ?

— Je viens de Caen, je veux t'informer de ce qui s'y trame contre la patrie.

— Je t'écoute.

— Les députés proscrits s'y sont réfugiés. Ils logent à l'hôtel de l'Intendance. Ils y organisent la contre-révolution.

— Combien sont-ils ?

— Dix-huit.

— Tu as la liste ? Leurs noms ?

— Je les connais par cœur.

Il note frénétiquement : Buzot, Louvet, Barbaroux...

Je l'interroge : « Qu'allez-vous faire ? »

Sa bouche se contracte, il rit : « Ils seront guillotinés. Tous, à Paris. »

Ce sont ces mots qui ont décidé de son sort. Si j'avais eu ne serait-ce que le moindre doute, il eût été dissipé à l'instant même où ces mots étaient sortis de cette bouche immense et ricaneuse. L'indignation que j'avais dans le cœur me montra le chemin du sien. Je me levai, tirai le couteau caché entre mes seins et l'enfonçai jusqu'au manche. À peine eut-il le temps d'appeler à l'aide que sa tête retombait sur la tablette de la baignoire pendant que le sang encore chaud jaillissait de sa poitrine nue. J'essayai de fuir, mais je reçus un coup de chaise dans le dos.

Je savais, dès lors, que j'allais mourir. Je pensais même expirer dans l'instant, mais des hommes courageux et au-dessus de tout éloge m'ont préservée de la fureur bien excusable des malheureux que j'avais faits. Comme j'étais vraiment de sang-froid, je souffris des cris de quelques femmes, mais qui sauve la patrie ne s'aperçoit pas de ce qu'il en coûte. Puis ce fut l'interrogatoire et la fouille. Chabot voulait garder ma montre en or. Je lui demandai : « Les capucins n'ont-ils pas fait vœu de pauvreté ? »

J'ai été conduite aux prisons de l'Abbaye. Je n'ai pas beaucoup dormi la première nuit. J'entendais les canons de la Garde, en l'honneur de Marat. Beaucoup de bruit pour rien. Aujourd'hui, le bourreau devient martyr. Mais vous connaissez le peuple : on le change en un jour. Il prodigue aisément sa haine et son amour. On mettra son corps au Panthéon et puis, bientôt, on l'en retirera. Je n'ai pas beaucoup dormi, disais-je, alors j'ai prié.

Silence. Il ne peint plus, il me regarde.

— Vous croyez en Dieu ?

— Je prie pour qu'Il existe.

— Et à la vie après la mort ?

— La question est vaine : le secret est bien gardé.

— Vous êtes-vous confessée ?

— Non. On m'a envoyé un prêtre assermenté. J'ai refusé ses services. J'irai sans prêtre porter ma tête à la guillotine.

— Avez-vous peur ?

— Oui, cela m'arrive. Alors je me remémore

ce vers de Corneille : *Mourir pour le pays n'est pas un triste sort, c'est s'immortaliser par une belle mort.*

Il continue :

— J'ai assisté au procès.

— Je sais. Je vous voyais, derrière la colonne.

— Vous étiez très belle.

— Vous parlez déjà de moi au passé ?

— Je veux dire... vous êtes très belle.

— Merci.

— Vous auriez dû plaider la folie.

— Me croyez-vous folle ?

— Non. Mais c'eût été la seule façon de sauver votre tête.

— Et c'eût été une humiliation. On dit que le président Montané, qui s'est pris de sympathie pour moi, conseilla à mon défenseur de plaider la folie. J'ai refusé. Il fit de son mieux : mon geste, dit-il, ne pouvait s'expliquer que par l'exaltation du fanatisme politique qui m'avait mis le poignard dans la main. Il m'a défendue avec courage, d'une manière digne de lui et de moi. Ce Chauveau-Lagarde est un homme bien. Pas comme le citoyen Doulcet, ce lâche que j'avais choisi pour assurer ma défense et qui a refusé lorsque la chose était si facile. Je vais lui écrire une lettre pour lui exprimer ma colère.

— Et puis ce fut le prononcé du jugement...

— Je ne m'attendais à rien d'autre que la mort. Lorsqu'on me donna la parole une dernière fois, je demandai seulement que vous fussiez autorisé à achever mon portrait. Et vous voilà ici, dans ma cellule.

Il recule. Pose ses yeux sur le tableau, puis sur moi, puis sur le tableau. Le portrait est achevé.

— J'espère ne pas vous décevoir, me dit-il.

Il me tend le dessin. Il m'a représentée telle que je suis, avec le bonnet que j'ai confectionné, avec ma robe blanche, avec mes longs cheveux châtains que bientôt ils couperont.

— C'est très bien. Je ne sais comment vous remercier. Pouvez-vous en faire parvenir une copie miniature à ma famille ?

— Je vous le promets.

J'entends des pas. Ce sont l'exécuteur et ses aides qui viennent me chercher.

— Quoi, déjà ?

— Il est l'heure.

J'ôte mon bonnet, demande au bourreau de me laisser terminer ma lettre au citoyen Doulcet. Il accepte. Puis je lui demande de me prêter ses ciseaux. La requête le surprend, mais peut-on refuser les dernières volontés d'une condamnée ? Il me laisse faire. Je coupe une mèche et la tend au citoyen Hauer. Je n'ai que cela à lui offrir. Tel donne à pleines mains qui n'oblige personne : la façon de donner vaut mieux que ce qu'on donne. Je lui dis : « Pour vous montrer ma reconnaissance. Veuillez bien la conserver comme souvenir. » Ses yeux brillent, il ne pleure pas. Il se retient. Pour une larme, on pourrait l'envoyer sur l'échafaud. Il me baise la main et murmure : « Adieu, mademoiselle. »

Le bourreau et ses aides veulent me lier les pieds. Je refuse. La loi l'exige. *Dura lex, sed lex.*

Alors je me laisse faire. Et puis on me coupe les cheveux. J'enfile ensuite la chemise rouge, réservée aux condamnés à mort pour crime d'assassinat. J'avais pensé garder mes gants mais le bourreau m'a assuré qu'il saurait me lier les mains sans me faire aucun mal. Il serre le moins possible. Je prends congé du citoyen Richard et de sa femme, qui ont été si bons pour moi.

On sort dans la cour.

La charrette m'attend. On me donne un tabouret, mais je sais déjà que je resterai debout. Je veux regarder la foule dans les yeux. On ne meurt qu'une fois. C'est la fin qui couronne l'œuvre.

LA GORGE DE LA REINE

3 juillet 1793

Qu'est-ce qu'un enfant, quand il s'agit du salut de la République ?

13 juillet 1793

Marat est mort. Une ci-devant l'a poignardé dans son bain.

14 juillet 1793

Où en est-on, quatre ans après ?

20 juillet 1793

Acheté buste à l'effigie de l'ami du peuple rue de Grenelle-Saint-Germain. Celui de Lepeletier, au coin de l'âtre, se sentait bien seul

Depuis un coup d'épée
D'un dénommé Pâris,
Chez Février, Paris,
Une nuit de janvier.

23 juillet 1793

Le plâtre est fragile : Louise a trébuché sur Marat qui s'est brisé en plusieurs morceaux. Lepeletier n'a pas versé une larme. Aucune sensibilité.

1er août 1793

La porte s'ouvre.

Cinq mètres de long, cinq mètres de large.

Un lit de sangle, deux chaises, un oreiller, une couverture, un seau, un vieux tapis.

Elle se déshabille, accroche sa montre à un clou, se couche. Il est quatre heures du matin.

La porte se ferme.

2 août 1793

Une seule question taraude Jeannot : « Comment est sa gorge ? »

Il y répond lui-même : « Foutre, on finira bien par le savoir ! »

3 août 1793

Depuis deux jours, Louise me presse de questions : Comment va-t-elle ? Que fait-elle de ses journées ? Et surtout – ce qui l'intéresse au plus haut point — : Comment est-elle habillée ?

Je n'ose lui répondre ou je réponds à côté. Que pourrais-je bien lui dire ? Qu'elle semble morne, abattue, résignée ? Qu'elle passe son temps à prier ? Que lorsqu'elle ne prie plus, c'est seulement pour pleurer ? Qu'elle est vêtue comme une femme du peuple et traitée comme une femme du peuple ?

Non, mieux vaut lui cacher tout cela. Se borner à tenir ce journal. Il me sert d'exutoire.

4 août 1793

Rosalie Lamorlière, blanchisseuse de son état, est au service de la concierge Richard depuis quelques mois. C'est elle qui a été désignée pour s'occuper de la reine pendant son séjour ici. Elle et nous, ses gardiens.

5 août 1793

Nous sommes deux à avoir été placés en faction dans la chambre. L'autre bleu, Jeannot, est un jacobin de la première heure. Il parle comme le Père Duchesne :

— Et vite, qu'elle saute, la tête de la grue, qu'on la fasse jouer à colin-maillard avec la guillotine, que sa bougre de race expie sur l'échafaud tous les crimes qu'elle a commis ! Foutre, qu'on lui fasse essayer la cravate de Sanson comme on l'a fait essayer au cornard Capet ! Qu'on lui donne des valets pour faire sa toilette ! Et quoiqu'elle n'ait pas de barbe, qu'on la lui fasse ! On rasera toujours les reines !

J'ai bien essayé d'éveiller sa compassion :

— Ce n'est qu'une femme...

— Une garce, oui ! Une créature ! Une mijaurée !

— Qui n'est plus reine.

— D'un sac à charbon on ne saurait tirer

blanche farine ! Foutre, la caque sent toujours le hareng !

— Modère tes propos.

— Tu tournes casaque à la République, citoyen ?

— Je ne peux consentir à enfoncer...

— Mille millions de tonnerre ! Pourquoi lui donner des égards ? Bientôt, on lui aura passé le collier de l'égalité ! Ça ne coûtera pas si cher que le collier-Rohan qui scintillait sur sa foutue gorge !

Je renonce.

6 août 1793

La montre lui a été confisquée.

Comme je m'étonnais qu'elle pleurât la perte d'un simple objet, elle me dit, pour se justifier : « Je la tenais de ma mère. Elle ne m'avait jamais quittée. »

C'est la première fois qu'elle m'adresse la parole.

Le temps doit lui paraître bien long désormais.

7 août 1793

Il n'y a pas qu'à elle que le temps paraît long. À Jeannot, aussi. Mais pour d'autres raisons : « Foutre, une semaine qu'elle est arrivée et pas une fois on a vu sa gorge ! »

8 août 1793

Chaque matin, Barassin nettoie la cellule. Le bandit de grands chemins s'acquitte de la tâche en maugréant, puis il vide la griache et fait brûler du genièvre pour masquer les odeurs. Eh oui, les reines aussi...

9 août 1793

— Tu sais, m'a dit Louise, j'ai beau ne l'avoir jamais vue, je la tiens pour une amie. J'ai passé des années à lui confectionner des robes et j'étais fière, très fière, de savoir qu'elle les portait.

Habiller la reine était sa raison de vivre, celle pour laquelle elle se levait chaque matin. Depuis qu'elle n'est plus couturière chez Mlle Bertin, Louise sombre peu à peu dans la mélancolie.

10 août 1793

Il ne lui reste que deux bagues ornées de diamants, qu'elle passe d'un doigt à l'autre inlassablement.

11 août 1793

Des commissaires de la République sont venus lui confisquer les deux bagues. Rien ne doit la distraire de son ennui.

12 août 1793

Il y a une chose dont on ne l'a pas encore privée : la nourriture. C'est qu'il faut la garder en vie jusqu'à un éventuel procès. Elle semble, sur ce point, jouir d'un traitement de faveur : du café pour le petit déjeuner, du poulet et des légumes pour le déjeuner, un bouillon pour le dîner, des pêches en dessert, et de l'eau minérale de Ville-d'Avray.

13 août 1793

Le baron de Batz a promis un million à qui sauverait la reine. Depuis, les murs de la Conciergerie semblent beaucoup moins épais.

14 août 1793

Aujourd'hui, Madame Richard a fait venir son fils, que tout le monde ici appelle Fanfan. Il a les yeux bleus, les cheveux blonds, et à peu près le même âge que le Dauphin. Quand elle a vu ce petit garçon qui lui rappelait si douloureusement le sien, la reine s'est mise à le caresser, à le serrer dans ses bras, à le couvrir de baisers. L'enfant, comblé d'être l'objet de tant d'attentions, se laissait faire volontiers. Mais bientôt l'émotion fut si forte pour la reine qu'elle fondit en larmes. Interloqué, Fanfan courut se réfugier dans les jupes de sa mère qui s'excusa et prit congé de son hôte. À coup sûr, l'expérience ne sera pas renouvelée.

15 août 1793

Et nous, que faisons-nous pendant qu'elle ne fait rien ? Nous jouons aux cartes, au piquet surtout. C'est un passe-temps comme un autre. Et c'est idiot. C'est sacrifier ce que nous avons de plus cher à des futilités. Je persiste à croire qu'on ne peut comprendre quelque chose à la vie sans avoir pris conscience de la préciosité du temps.

17 août 1793

Parfois, c'est elle qui semble nous surveiller. C'est ainsi : même en prison, il arrive que les rôles soient inversés.

20 août 1793

Elle souffre depuis plusieurs jours de violentes hémorragies et Rosalie doit lui changer ses linges quotidiennement. Pour autant, pas une fois on ne l'a entendue se lamenter. Elle est d'un stoïcisme qui force l'admiration.

28 août 1793

Michonis, l'inspecteur de la prison, se comporte de plus en plus comme le maître de céans. Il lui a rendu visite aujourd'hui accompagné d'un autre homme. Il m'a semblé voir cet homme laisser tomber quelque chose derrière le poêle. Peut-être ai-je simplement rêvé.

29 août 1793

Et pourtant j'en suis sûr : il a bien laissé échapper quelque chose.

30 août 1793

Non, j'ai dû rêver.

31 août 1793

Tout de même...

3 septembre 1793

Les commissaires de la Commune sont arrivés en trombe dans la Conciergerie. Depuis deux heures, ils interrogent tout le monde.

Voilà ce qu'il s'est passé :

L'homme introduit par Michonis il y a quelques jours avait bien laissé échapper quelque chose – je n'avais pas rêvé ! Si l'on ignore encore son identité, on sait en revanche qu'il s'agissait d'un œillet dans lequel se trouvait un billet. Comme elle n'avait pas de quoi écrire, la reine y a répondu à l'aide d'une pointe d'aiguille, en piquant les lettres sur un petit bout de papier déchiré. Puis elle a transmis ce papier au citoyen Gilbert, chargé d'assurer sa surveillance quand, avec Jeannot, nous sommes au repos. Or Gilbert, dont la consigne était de remettre la réponse à l'inconnu qui devait revenir quelques jours plus tard pour l'aider à fuir, n'est pas homme à se laisser soudoyer par la simple reconnaissance d'une femme, fût-elle reine de France. Quelques louis d'or l'auraient peut-être réduit au silence, mais la reine ne possède rien. Après plusieurs jours de réflexion, il a fini par faire un rapport à ses supérieurs. Depuis, tout le monde s'agite à la Conciergerie.

5 septembre 1793

L'homme à l'œillet s'appelle Rougeville. C'est un agent royaliste, fait chevalier de Saint-Louis du temps où il y avait encore des chevaliers, des saints et des Louis. On le cherche dans tout Paris.

6 septembre 1793

Qu'aurais-je fait à la place de Gilbert ? Aurais-je gardé le silence ? La reine serait-elle aujourd'hui hors les murs de cette sinistre prison ? L'Histoire tient parfois à si peu de chose, un enchaînement fortuit de circonstances. Une destinée se joue sur un coup de dés, sur la présence de tel gardien à la place de tel autre.

11 septembre 1793

On a transféré la reine dans l'ancienne pharmacie. La croisée qui donne sur la cour a été bouchée avec de la tôle, celle qui donne sur le corridor est murée. À l'extérieur, deux gardes sous la fenêtre. Les concierges Richard ont été remplacés par les Bault, et Michonis révoqué. La vigilance a redoublé : désormais, c'est sur notre vie que nous répondons de la prisonnière. La conspiration de l'œillet n'aura fait que précipiter son sort.

13 septembre 1793

Le médaillon dans lequel elle conservait les cheveux de ses enfants lui a été confisqué. Il ne lui reste plus rien, hormis son petit chien.

14 septembre 1793

Terminé aussi le régime de faveur : désormais, ça sera du pain sec, quelques légumes moisis et le même brouet noirâtre que l'on sert aux autres détenus.

15 septembre 1793

Qu'a-t-elle fait aujourd'hui ? Rien, ou si peu. Lire, méditer, prier : nouvelle trinité de son morne quotidien. Elle qui du temps de sa splendeur ne pouvait vivre un seul instant privée de société, voici qu'elle en est réduite, la pauvre, à guetter les rumeurs de la cour qui viennent briser le silence, seul artifice à même de conjurer la fuite du temps, car le silence, dit-on, est le bruit que fait le temps en passant, et mesurer le temps qui passe reste encore le meilleur moyen de ne pas sombrer dans la folie.

16 septembre 1793

Elle a demandé de la lecture. On lui a donné quelques livres. Depuis, elle se fatigue les yeux sur les voyages du capitaine Cook.

20 septembre 1793

Elle avait deux cents, peut-être trois cents robes chaque année. Elles n'étaient portées qu'une seule fois, parfois deux, avant d'être réformées puis vendues.

Il lui suffisait de mander sa dame d'atours, caresser les dizaines de morceaux d'étoffe fixés par des points de cire sur un cahier, placer des épingles sur ceux qu'elle désirait, et sa marchande de modes s'empressait de lui monter une robe à panier couverte de falbalas, de pierreries et de perles, ou une lévite avec ruban en ceinture, ou une polonaise avec jupon garni en bas d'un volant, ou une turque avec col rabattu, corset plissé et broderie de jasmin d'Espagne, ou une anglaise avec manches bouffantes, collerette et vertugadin.

Puis elle faisait entrer Léonard qui chaque jour la coiffait, à la hérisson, cheveux relevés, crêpés et frisés à la pointe, ou en porc-épic, berceau d'amour, Circassienne, corne d'abondance, ou encore à l'enfant, cheveux courts et bouclés.

Alors venait son parfumeur, qui lui préparait des fragrances à base de rose, d'ambre, de lavande et de jasmin.

Puis sa lectrice, sa dame d'honneur, sa femme de chambre ou son médecin, son secrétaire, ses pages et ses laquais, tous à son service, au service de la reine, dans ce château si grand, si luxueux qu'elle y étouffait, soumise à l'étiquette, ridicule liturgie du pouvoir, aux intrigues et au bal des courtisans, ce château qu'elle délaissait pour se réfugier loin des fastes de la cour, entourée de sa coterie, dans son palais à elle, son petit Vienne avec son jardin, son théâtre, son temple de l'Amour, son hameau où l'on pêchait la carpe et le brochet, où habillé en paysan, robe de mousseline et chapeau de paille, on jouait au paysan pendant qu'à quelques lieues de là, d'autres paysans, des vrais, crevaient de faim et de fatigue et ce n'était pas un jeu.

Or que lui reste-t-il aujourd'hui ? Quelques fichus de crêpe, un jupon d'indienne, un ruban pour attacher ses cheveux, une paire de pantoufles que la moisissure aura bientôt fini par gagner complètement, Rosalie, qui la coiffe chaque matin, et deux gardes, qui l'épient jour et nuit.

21 septembre 1793

Apparaître, poindre, briller.

Consteller, scintiller, s'éteindre.

Schönbrunn, Versailles, Trianon.

Tuileries, Temple, Conciergerie.

Ainsi la tragique et néanmoins céleste destinée d'une reine se refléterait dans le faste des palais qui l'ont successivement accueillie.

1er octobre 1793

Jeannot n'en peut plus : « Deux mois que la Messaline est parmi nous et deux mois qu'elle dérobe sa foutue gorge à notre vue ! »

8 octobre 1793

Ça y est, la moisissure a gagné ses pantoufles. Le sol en brique rouge n'y est pas pour rien. J'ai dû les gratter avec la lame de mon épée.

11 octobre 1793

Un prêtre réfractaire a célébré une messe dans sa cellule. C'est par les soins de Mlle Fouché qu'il y a été introduit. Jeannot s'y serait bien opposé, mais il n'a pu s'y résoudre : la Révolution n'a pas ébranlé sa foi. Aussi avons-nous communié avec elle. C'est un soulagement de savoir qu'elle portera sa tête à l'échafaud en ayant reçu les secours de la religion.

12 octobre 1793

La nuit a été froide à fendre les pierres. Elle a demandé une couverture, et pour une raison qui m'échappe on la lui a refusée.

13 octobre 1793

Qu'est-ce qu'un enfant, quand il s'agit du salut de la République ?

Je m'aperçois qu'à la date du 3 juillet, je n'ai écrit que cette phrase. Elle n'est pas de moi, mais du citoyen Hébert après que l'un de nous se fut offusqué du sort réservé au fils Capet.

Il avait commencé ainsi : « Ce petit marmotin sera tôt ou tard funeste à la Nation : plus il est drôle, plus il est redoutable. Que ce petit et sa sœur soient jetés dans une île déserte : il faut qu'on s'en défasse à tel prix que ce soit. » Puis, vint la phrase criminelle : « Au surplus, qu'est-ce qu'un enfant, quand il s'agit du salut de la République ? » Il en était tellement satisfait qu'il la reproduisit dans son journal le lendemain afin que le peuple pût s'en délecter à son tour. Le cynisme est la chose la mieux partagée.

J'ignore ce qu'il adviendra du dauphin. Mais je prie que le sang impur abreuvant nos sillons ne soit pas celui d'un enfant martyr. Car j'étais là le 3 juillet, quand le petit fut séparé de sa mère. J'étais au Temple avec les commissaires chargés d'arracher à la reine le fruit de ses entrailles. On a dit que la séparation s'était faite avec toute la sensibilité que l'on devait attendre dans ces circonstances, et les commissaires assurèrent avoir eu les égards compatibles avec la sévérité de leurs fonctions. Mais la vérité, comme bien souvent, est différente du récit qu'on en a fait. La vérité, c'est que la reine, pendant deux heures, s'accrocha au dauphin qui pleurait, la vérité, c'est qu'elle nous implora à genoux, elle devant qui la France s'était agenouillée, de lui laisser son enfant, la vérité, c'est qu'elle se résigna à le lâcher seulement parce que les commissaires, excédés, menacèrent de tuer Madame Royale, ce que bien sûr ils n'auraient pas fait car ils n'en avaient pas le mandat et qu'on ne tue pas la dauphine de France comme ça, la vérité, c'est qu'ils jurèrent sur leur honneur qu'elle reverrait bientôt son fils, la vérité, enfin, c'est que plus jamais elle ne le vit, si ce n'est l'espace de quelques instants, à la dérobée, au travers d'une lucarne grillée quand le dauphin, encouragé par son geôlier, chantait la carmagnole et le chant des Marseillais.

Depuis, ce n'est pas la reine que je vois, mais la mère. La mère à qui ses deux enfants ont été enlevés, la mère dont les cheveux blanchirent en une nuit parce que lui prendre son fils de huit ans c'était lui prendre huit ans de sa propre vie. À trente-sept ans, celle dont la beauté mutine avait fasciné la France, charmé Versailles, captivé un Louis XV cacochyme ressemble déjà à une vieille femme fatiguée, usée par le chagrin. Est-il bien utile de couper la rose quand la rose est déjà fanée ?

14 octobre 1793

C'est à sept heures, ce matin, que les commissaires sont venus la chercher. Elle a lissé ses cheveux, s'est coiffée d'un bonnet de linon blanc et les a suivis avec calme. Les débats ont débuté à huit heures et ont duré jusqu'au milieu de l'après-midi pour s'arrêter vers seize heures, puis reprendre après une courte pause jusque tard dans la nuit. Il est quatre heures du matin, elle vient de rentrer dans sa cellule. Épuisée, elle s'est jetée encore tout habillée sur son lit.

Je n'ai pas assisté au procès. Mais je sais plus ou moins ce qu'il s'y est passé. Les crieurs, dans les rues, relatent les derniers événements. Il paraît qu'Hébert lui-même a déposé : « Le fils Capet, a-t-il dit, a été surpris par Simon à commettre des indécences nuisibles à sa santé. Il a même avoué avoir été instruit dans ces habitudes par sa mère et sa tante qui différentes fois s'étaient amusées à lui voir répéter ces pratiques devant elles, entre elles, où se commettaient des traits de la débauche la plus effrénée. » Puis il a conclu : « Il n'y a pas à douter qu'il n'y ait eu un acte incestueux entre la mère et son fils. » Pour ma part, je ne peux imaginer un seul instant que ces accusations soient fondées. Personne, d'ailleurs, ne sembla les tenir pour crédibles puisque personne ne releva. On passa ensuite à l'examen du complot de l'œillet, mais un des jurés fit observer à Herman que l'accusée n'avait pas répondu sur le fait évoqué par le citoyen Hébert. On avait voulu la dessiner sous les traits d'une Agrippine, elle se défendit avec majesté, une majesté quasi divine : « Si je n'ai pas répondu, dit-elle, c'est que la nature se refuse à répondre à une pareille inculpation faite à une mère. J'en appelle à toutes celles qui peuvent se trouver ici. » Hébert, comme un enfant pris en faute, baissa la tête pour regarder ses souliers. Sur les marches du palais, une poissarde dit à une autre : « Si tu veux mon avis, elle s'en tirera. Elle a répondu comme un ange, on ne fera que la déporter contre une rançon. »

Je suis plus circonspect. Cela me coûte, mais je dois avouer que je ne me fais aucune illusion sur son sort : une fosse commune, la tête entre les jambes, et le corps recouvert de chaux. Jeannot partage mon avis : « Encore quelques heures, et le bourreau jouera à la boule avec la tête de la louve ! »

15 octobre 1793

Nous sommes le 15 octobre, jour de la Sainte-Thérèse. C'est la fête de sa mère, l'Impératrice, qu'elle va bientôt retrouver. C'est aussi celle de sa fille, Madame Royale, qu'elle ne reverra plus jamais. C'est, enfin, le deuxième et sans doute dernier jour du procès.

16 octobre 1793

Deux bougies versent des larmes de cire sur la petite table à côté de son lit. Elle s'est couchée sans avoir pris la peine de se dévêtir. À quoi bon respecter les usages ? Dans quelques heures, tout sera fini. Elle ne dort pas. À quoi peut-on penser quand on a régné sur trente millions de sujets et qu'on s'apprête à mourir ?

Il était quatre heures du matin quand le procès a pris fin. Elle a conclu en disant simplement : « Hier je ne connaissais pas les témoins. J'ignorais ce qu'ils allaient déposer. Eh bien, personne n'a articulé contre moi aucun fait positif. Je finis en observant que je n'étais que la femme de Louis XVI et qu'il fallait bien que je me conformasse à ses volontés. »

Comme elle se sentait mal, le lieutenant Debusne, préposé à sa conduite, lui offrit son avant-bras pour descendre les escaliers. C'est alors qu'elle lui demanda : « Croyez-vous qu'on va me déporter ? » On raconte qu'il n'a pas osé lui répondre.

Elle a été reconnue coupable de tous les chefs d'accusation. Fouquier-Tinville requit la peine de mort, tandis qu'il faisait arrêter ses défenseurs, Chauveau-Lagarde et Tronson du Coudray, accusés d'avoir offensé la justice.

Elle a demandé une plume et du papier, dernière faveur qui lui a été accordée. Elle a rédigé une lettre, puis elle s'est changée.

Comme Jeannot se penchait pour mieux la voir – sa gorge ! – elle le supplia :

— Monsieur, au nom de l'honnêteté, permettez que je change de linge sans témoin !

— Je ne dois pas vous perdre de vue un seul instant, répondit-il avec mauvaise foi. Ce sont les ordres.

Elle soupira, leva les yeux au ciel, couvrit sa gorge d'un fichu pendant que Rosalie se plaça devant elle pour la soustraire à l'œil indiscret de Jeannot.

La chemise qu'elle venait d'enlever était maculée de sang – ses saignements avaient repris de plus belle durant la dernière nuit. Pendant quelques secondes, elle chercha un endroit où elle pourrait la cacher. Un renfoncement du mur derrière le poêle fit l'affaire.

Un prêtre assermenté s'est présenté pour lui offrir ses consolations. Elle le remercia et l'éconduisit poliment. Puis le bourreau est arrivé pour couper ses cheveux blancs. J'ai voulu ramasser une mèche ; il m'en a empêché :

— N'y touche pas, citoyen !

Alors, se tournant vers Jeannot :

— Brûle-moi ça !

Et de nouveau vers moi, avec juste ce qu'il fallait de suspicion dans la voix pour me glacer le sang :

— Il ne faudrait pas qu'ils tombent entre les mains des ennemis de la République. Ils pourraient en faire des reliques.

Pendant que Jeannot s'acquittait de la tâche,

la reine me remit sa dernière lettre, adressée à Madame Elisabeth. J'ai eu le temps de la copier avant de la transmettre au citoyen Bault. Il en fera ce qu'il voudra, ce n'est plus mon affaire.

C'est à vous, ma sœur, que j'écris pour la dernière fois. Je viens d'être condamnée, non pas à une mort honteuse, elle ne l'est que pour les criminels, mais à aller rejoindre votre frère. Comme lui innocente, j'espère montrer la même fermeté que lui dans ses derniers moments. Je suis calme comme on l'est quand la conscience ne reproche rien. J'ai un profond regret d'abandonner mes pauvres enfants ; vous savez que je n'existais que pour eux et vous, ma bonne et tendre sœur. Vous qui aviez par votre amitié tout sacrifié pour être avec nous, dans quelle position je vous laisse !

J'ai appris, par le plaidoyer même du procès, que ma fille était séparée de vous. Hélas ! La pauvre enfant, je n'ose pas lui écrire, elle ne recevrait pas ma lettre ; je ne sais pas même si celle-ci vous parviendra. Recevez pour eux deux ici ma bénédiction ; j'espère qu'un jour, lorsqu'ils seront plus grands, ils pourront se réunir avec vous, et jouir en entier de vos tendres soins. Qu'ils pensent tous deux à ce que je n'ai cessé de leur inspirer : que les principes et l'exécution exacte de ses devoirs sont la première base de la vie, que leur amitié et leur confiance mutuelle en feront le bonheur.

Que ma fille sente qu'à l'âge qu'elle a, elle doit toujours aider son frère par les conseils que l'expérience qu'elle aura de plus que lui et son amitié pourront lui inspirer; que mon fils, à son tour, rende à sa sœur tous les soins, les services, que l'amitié peut inspirer; qu'ils sentent enfin tous deux que, dans quelque position où ils pourront se trouver, ils ne seront vraiment heureux que par leur union; qu'ils prennent exemple en nous. Combien, dans nos malheurs, notre amitié nous a donné de consolations! Et, dans le bonheur, on jouit doublement quand on peut le partager avec un ami; et où en trouver de plus tendre, de plus cher que dans sa propre famille? Que mon fils n'oublie jamais les derniers mots de son père, que je lui répète expressément: qu'il ne cherche jamais à venger notre mort!

J'ai à vous parler d'une chose bien pénible à mon cœur. Je sais combien cet enfant doit vous avoir fait de la peine. Pardonnez-lui, ma chère sœur; pensez à l'âge qu'il a, et combien il est facile de faire dire à un enfant ce qu'on veut, et même ce qu'il ne comprend pas. Un jour viendra, j'espère, où il ne sentira que mieux tout le prix de vos bontés et de votre tendresse pour tous deux.

Il me reste à vous confier encore mes dernières pensées. J'aurais voulu les écrire dès le commencement du procès; mais, outre qu'on ne me laissait pas écrire, la marche en a été si rapide que je n'en aurais réellement pas eu le temps.

Je meurs dans la religion catholique, apostolique et romaine, dans celle de mes pères, dans celle où j'ai été élevée, et que j'ai toujours professée. N'ayant aucune consolation spirituelle à attendre, ne sachant pas s'il existe encore ici des prêtres de cette religion, et même le lieu où je suis les exposerait trop s'ils y entraient une fois, je demande sincèrement pardon à Dieu de toutes les fautes que j'ai pu commettre depuis que j'existe. J'espère que, dans sa bonté, Il voudra bien recevoir mes derniers vœux, ainsi que ceux que je fais depuis longtemps pour qu'Il veuille bien recevoir mon âme dans sa miséricorde et sa bonté.

Je demande pardon à tous ceux que je connais, et à vous, ma sœur, en particulier, de toutes les peines que, sans le vouloir, j'aurais pu leur causer. Je pardonne à tous mes ennemis le mal qu'ils m'ont fait. Je dis ici adieu à mes tantes et à tous mes frères et sœurs. J'avais des amis ; l'idée d'en être séparée pour jamais, et leurs peines, sont un des plus grands regrets que j'emporte en mourant ; qu'ils sachent du moins que, jusqu'à mon dernier moment, j'ai pensé à eux.

Adieu, ma bonne et tendre sœur ; puisse cette lettre vous arriver ! Pensez toujours à moi : je vous embrasse de tout mon cœur, ainsi que ces pauvres et chers enfants. Mon Dieu, qu'il est déchirant de les quitter pour toujours ! Adieu, adieu : je ne vais plus m'occuper que de mes devoirs spirituels. Comme je ne suis pas libre dans mes actions, on m'amènera peut-être un prêtre ; mais je proteste ici que je ne lui dirai pas un mot, et que je le traiterai comme un être absolument étranger.

17 octobre 1793

Elle est arrivée sur une simple charrette, dos au cheval ; on lui a refusé le carrosse qu'on avait daigné accorder au roi, de même qu'on lui a refusé de s'habiller en noir, car c'eût été porter le deuil de la monarchie.

Vêtue d'une robe blanche immaculée et coiffée d'un bonnet à dentelles, elle a gardé un visage impassible, nimbé d'une aura divine, digne jusqu'à l'échafaud.

Quand la guillotine a levé son bras, j'ai dû me mordre la langue pour étouffer un sanglot. Après qu'elle l'eût relâché, des milliers de têtes coiffées de rouge ondulèrent comme un champ de coquelicots, pendant que des milliers de bouches criaient à l'unisson : « Vive la République ! » Et parmi ces milliers de bouches, imperceptible dans la foule vociférant ses imprécations, il y en eut une qui ne put s'empêcher de murmurer, en écho : « Vive la reine ! » Cette bouche, c'était celle de Louise. Elle avait tenu à m'accompagner – ou peut-être était-ce la reine, sa reine, qu'elle avait voulu escorter dans son dernier voyage. Nous allions quitter le théâtre de cette scène infernale quand, soudain, une main se posa sur mon épaule. Quelqu'un m'interpellait :

— Tranchée.

Je me retournai. C'était Jeannot.

— Pardon ?

— Sa foutue gorge, dit-il. Elle est tranchée.

LE BANQUET

— Savez-vous, Monsieur, ce que c'est d'entendre vingt hommes, dont la vertu n'a d'égale que le talent, chanter *La Marseillaise* de concert, puis dix-neuf, puis dix-huit, puis dix-sept, et ainsi de suite jusqu'à ce qu'il n'en reste plus un ?

Non, bien sûr que non.

Vous êtes encore jeune. Vous n'étiez pas né en 93. Vous n'avez connu ni la Révolution ni la guerre. Ni Robespierre ni Napoléon. Peut-être même n'avez-vous jamais vu mourir un homme, ou tout au moins l'avez-vous vu mourir de sa belle mort, dans son lit, entouré des siens – encore qu'accoler l'adjectif « belle » au mot « mort », fût-elle chez soi, en bonne compagnie et au terme d'une vie bien remplie, peut paraître un audacieux oxymore. Mais pourquoi vous parler d'une chose à laquelle vous n'avez sans doute jamais songé ? J'ai eu votre âge, je sais ce que c'est. On considère la mort comme une subordonnée, une domestique qu'on peut décider de sonner à tout moment, mais qui restera à l'office aussi longtemps qu'aucun signal ne lui sera donné. On la met sur un pied d'égalité avec la vie ; on a tort : c'est toujours elle qui finit par l'emporter.

Et puis une nuit, on se regarde dans un miroir, ou on embrasse sa femme, ou on se couche, tout simplement. Et soudain on y pense. On y pense et on comprend que la vie, ce miracle qui tient à si peu de chose, est encore beaucoup par rapport à la mort. Car la vie, après tout, résulte d'un mécanisme complexe mais néanmoins chronologique – un homme rencontre une femme, ils s'aiment, ou s'ils ne s'aiment pas au moins cèdent-ils à leurs instincts, l'homme besogne la femme comme un paysan besogne son champ, et de même que le champ donne du blé, la femme met au monde un enfant. La mort, elle, ne connaît ni complexité ni chronologie. Elle est d'une affolante simplicité : vous êtes chez vous et soudain le cœur lâche, ou sur un champ de bataille et une balle vous atteint, ou devant un juge et il requiert la peine capitale. Qui sait quand elle arrivera ? On peut le deviner plus ou moins, se perdre en conjectures. Sans doute me prendra-t-elle avant vous. C'est une probabilité, pas une certitude. Ce qui est certain, en revanche, c'est qu'elle nous aura tous les deux. Car voyez-vous, Monsieur, vous qui m'écoutez et moi qui vous embête, nous ne sommes rien. Ou *si peu*. Et ce *si peu* n'est que temporaire, à peine le temps de naviguer entre les eaux fœtales et celles du Styx. Retenez bien ces trois mots : *de la poussière.* Voilà à quoi se réduit une vie. Ce corps si ardemment en marche, bruissant de paroles, de rires et de cris ? *De la poussière.* Cet homme mû par d'innombrables projets, d'insatiables désirs ? *De la poussière.* Cette femme dont la beauté encore intacte fait pâlir d'envie ces jeunes gandins ? *De la poussière.*

Bien sûr, vous êtes encore trop jeune pour méditer ce *memento mori* qui angoisse le vieil homme que je suis. *Votre* nuit n'est pas encore venue. Mais tôt ou tard elle arrivera, croyez-moi. Et vous ne pourrez pas l'oublier, comme moi-même je n'ai jamais pu l'oublier. Car pour le jeune homme que j'étais, cette nuit a été celle de l'apprentissage de la vie, de la grandeur, du courage. Et de la mort.

J'avais à peu près votre âge ; j'étais gardien de prison. Pas n'importe laquelle : l'antichambre de la guillotine, la voisine du tribunal révolutionnaire. Vous savez, j'ai franchi le pont d'Arcole à la suite de l'Empereur, une balle autrichienne m'a transpercé l'abdomen à Wagram, un boulet de canon prussien, ou autrichien, ou russe – que sais-je ? nous avions le monde contre nous ! – m'a arraché une main à Leipzig, j'ai vu des hommes, blancs de givre, s'abriter dans le ventre de leurs chevaux morts à Borodino. Et pourtant, rien ne me fait plus frémir que le nom de cette sinistre prison où je n'ai jamais été incarcéré, où j'ai travaillé quelques mois seulement, il y a plus de quarante ans.

Si vous le permettez, Monsieur, je vais vous conter l'histoire de la nuit où, pour la première fois, j'ai songé à la mort. C'était à la Conciergerie, la nuit du 30 au 31 octobre 1793. La nuit du dernier banquet des Girondins.

*

Peut-être, Monsieur, avez-vous déjà entendu parler de cette Cène républicaine. D'aucuns ont prétendu que ce n'était qu'une fable, une légende inventée par les historiens pour enrichir leurs travaux de quelques belles pages. J'y ai assisté, je peux le jurer au besoin : un banquet s'est bien tenu entre les murs de la Conciergerie cette nuit-là. Si certains ont pu en douter, c'est qu'on leur en a fait un récit avec tant d'emphase que d'emblée ils le crurent apocryphe.

Les mets recherchés, les vins rares, les fleurs et les flambeaux couvraient, paraît-il, la table de la prison. Foutaises, mensonges, fantasmes ! La France avait faim, Paris était au bord de la famine. Le blé valait deux cents francs le sac, le poisson dix-huit francs la livre. Qui avait un peu de viande tous les dix jours pouvait s'estimer heureux. Je vous parle d'un temps où on ne vivait pas : on survivait, voilà tout. La quête de la pitance quotidienne pouvait être un labeur quotidien. J'ai vu des femmes tenir la ficelle quatre heures durant pour obtenir deux onces de pain ;

j'ai vu des marmots de six ans à peine ployer sous le poids de sacs remplis de grains qu'ils ramenaient des campagnes pour se constituer une réserve. Appelez-moi fou, mais le peuple ne veut ni la liberté ni la République. Il veut du pain. Ce n'est pas la lecture du *Contrat social* ou de *L'Esprit des lois* qui l'a fait prendre les armes et la Bastille, abolir les privilèges, décapiter le roi. Ce sont les borborygmes du ventre vide, les lèvres sèches qui, la nuit, mastiquent une nourriture n'existant qu'en rêve, le tintement de la fourchette sur l'assiette à peine commencée et déjà terminée. Vient un jour où le vieux paysan, lampant bruyamment chaque cuillerée de sa soupe brûlante, où la mère, les yeux écarquillés sur la faim de ses enfants, où les fils, qui vont faucher à jeun les blés que la taille, la gabelle et la dîme leur prendront, s'unissent pour crier ensemble leur misère. Alors plus rien ne peut leur résister. C'est ainsi, Monsieur, que naissent les révolutions.

Autant dire qu'il eût été impossible, même pour un condamné qui y eût laissé les économies de toute une vie, de s'offrir un véritable festin en guise de dernier repas. Je ne dis pas que cela n'est jamais arrivé. Si quelques-uns ont pu obtenir des mets les plus délicats, si le duc d'Orléans dégustait du vin de Champagne quand on vint le chercher pour mourir, combien furent-ils à se présenter devant le bourreau le gosier sec et le ventre vide ?

Ce ne fut pas le cas des Girondins. Il y avait,

lors de ce banquet, un peu de pain, quelques fruits, et du coupe-figure pour égayer la soirée. Rien de plus. Qu'on se le dise, Pantagruel, ce soir-là, n'était pas à la Conciergerie. Qui avait pris soin de pourvoir les Girondins en victuailles ? Je n'en ai jamais eu la moindre idée. On a souvent dit qu'il s'agissait de Bailleul, qui devint plus tard président du Conseil des Cinq-Cents. L'intéressé, y trouvant sans doute quelque raison d'être loué comme camarade à la fois bon, généreux et intrépide, n'a jamais démenti ; la rumeur a fait le reste. Il est pourtant impossible que Bailleul fût celui qui ravitailla ses amis ce soir-là. À la date du 31 octobre, il était lui-même écroué à la Conciergerie, où il se fit oublier et d'où il sortit après Thermidor. Le mystère reste donc, mais qu'importe au Phédon : car s'il fut mémorable, c'est moins à ses plats raffinés qu'à la bravoure, l'héroïsme et l'esprit des convives qu'il le doit.

Ils étaient dix-huit. Sillery et Lasource, malades, avaient été ramenés au Luxembourg. Les autres, y compris Valazé, furent reconduits à la Conciergerie, dans la chapelle qui porte aujourd'hui leur nom, aux alentours des onze heures et demie.

Ils burent, mangèrent, et discutèrent toute la nuit. Parlèrent-ils de religion, comme on l'a souvent entendu ? Deux prêtres étaient présents ce soir-là. L'un, l'abbé Émery, fut incarcéré seize mois sans qu'on l'envoie à la guillotine car il savait mieux que quiconque consoler les mourants – « ce petit prêtre, disait Fouquier-Tinville, empêche les autres de crier » ; l'autre, l'abbé Lambert, bénissait ceux qui partaient pour l'échafaud. De tous les Girondins, seul Fauchet accepta la confesse. Lui qui avait fait tomber la Bastille le sabre à la main abjurait maintenant son passé révolutionnaire pour retrouver la foi qui l'avait longtemps animé. Tous les autres refusèrent les secours de la religion. La seule qu'ils connaissaient était celle de Voltaire, de Rousseau, de Condorcet. Brissot, que les tyrannies religieuses et politiques avaient révolté depuis le moment où il avait commencé à réfléchir, n'avait-il pas juré de consacrer sa vie à leur destruction ? Ses amis Girondins n'avaient-ils pas proscrit les prêtres et voté leur déportation ? Non, ils ne parlèrent pas de religion.

Alors de quoi parlèrent-ils ? Eh bien, Monsieur, faut-il vous le dire ? Ils parlèrent de la Révolution, de la liberté, de la République, de l'immortalité de l'âme. Trop d'années ont passé, je ne saurais vous répéter leurs conversations *verbatim*. Je regrette seulement qu'un greffier ne fût pas là pour consigner chacune de leurs paroles, tantôt émouvantes, tantôt amusantes, toujours éloquentes.

Je me rappelle quelques persiflages héroïques, quelques saillies, quelques regrets. Je me rappelle Vergniaud qui dit emporter le deuil de la Révolution comme Mirabeau avait emporté celui de la monarchie ; je me rappelle Ducos demandant à Fonfrède : « Sais-tu, mon ami, où nous serons enterrés? », et Fonfrède : « Ma foi, non. Mais j'ai repéré une jolie petite place sur laquelle je verrais bien ma statue »; je me rappelle cette phrase de Duperret : « Au moins nous mourons parce que nous avons sacrifié à notre idéal : la République! », et de Boileau qui lui rétorque : « Il n'y a pas d'idéal qui vaille la mort, parce que l'idéal, c'est de vivre »; je me rappelle Mainvielle reprenant le mot de Lasource : « Nous mourons parce que le peuple a perdu la raison. Nos accusateurs mourront le jour où il l'aura recouvrée. »

Je me souviens qu'ils parlèrent de leurs amis qui s'étaient enfuis et qui vivaient cachés, traqués comme des bêtes sauvages : « Buvons à la santé de Barbaroux, de Buzot, de Roland! » dit Vergniaud, « et de Pétion, de Guadet, de Girey-Dupré, de Salles! » ajouta Ducos, « et de tous ceux qui nous font défaut ce soir, mais restent présents dans nos cœurs! », renchérit Fonfrède. Ils ne savaient pas que bientôt, tous, ils les retrouveraient sur l'autre rive. Ils ne savaient pas que Girey-Dupré les suivrait sur l'échafaud vingt jours plus tard; que Salles serait guillotiné huit mois après, bientôt suivi par Barbaroux et Guadet; que Roland se percerait le cœur après avoir appris le supplice de sa femme; que Pétion et Buzot seraient retrouvés dans un champ l'été suivant, à demi dévorés par les loups. Ils ne savaient pas qu'après leur mort, la guillotine serait élevée au rang d'institution.

Je revois la beauté flamboyante de Duchastel,

ce seigneur qui se fit fermier après le 4 août, puis soldat en Vendée et député en Gironde. Je l'avais déjà brièvement aperçu lors du procès du roi. Il n'avait pas assisté aux deux premiers votes et pour cause : on le donnait pour mort. On lui avait, paraît-il, administré l'extrême onction. Il se fit porter à la Convention. Il était pâle, chétif, enveloppé d'une couverture. Il avait côtoyé la mort, il savait ce que c'était. Il vota le bannissement du roi, c'est-à-dire la vie. Et c'est parce qu'il avait voté la vie qu'on décida, plus tard, de lui ôter la sienne. C'était le plus jeune des condamnés ; c'était aussi l'un des plus courageux. Il n'avait pas peur de la mort. La terreur, disait-il, est pour les coupables. Les Girondins n'étaient coupables de rien, fors leur opposition à la Montagne. Il n'en fallait pas plus pour connaître les honneurs de l'acier.

Brissot méditait-il sa mort prochaine ? Il avait connu la Bastille. Pas seulement *la prise de la Bastille* – les vainqueurs du 14 juillet déposèrent les clefs du château dans ses mains, mais *la prison dans la Bastille* : il y fut enfermé quelque temps pour un libelle dont il n'était pas l'auteur. À quoi pensait-il ? À son fils, sans doute. À ses frères aussi. Frères non de sang mais d'âme, hommes dont on fait le commerce parce que leur peau est couleur d'ébène.

J'entends encore Duprat discutant avec Mainvielle. Ils avaient trempé ensemble dans le massacre de la Glacière ; ils étaient unis par le sang.

Par le sang et par la détestation de Duprat l'aîné, que je connus plus tard à Wagram.

Je revois leur enthousiasme quand, tous, à l'exception de Vergniaud, ils entonnèrent des chants patriotiques. Le grand homme, seul dans un coin, tenait entre ses mains un boîtier en or dont le fond était couleur d'azur et sur lequel, avec la pointe d'une épingle, il avait gravé son nom accolé à celui d'une jeune fille. Il en sortit une montre qu'il examina longuement. L'aiguille indiquait six heures. Il la remonta, la remit dans sa boîte et se tourna vers moi :

— Monsieur, me dit-il, auriez-vous l'obligeance d'exaucer les dernières volontés d'un honnête homme ?

Je hochai la tête en signe d'approbation. En cette nuit tragique, il n'y a rien que j'aurais pu refuser à cet orateur de génie, et m'eût-il demandé de gravir les plus hauts sommets des Alpes ou de traverser l'océan à la nage, je l'eusse fait dans l'instant.

— Il y a une jeune fille, me dit-il. Elle s'appelle Adèle Sauvan.

Il rougit à son nom :

— J'aimerais que vous lui remettiez cette montre et ce boîtier.

La jeune fille devait avoir treize ou quatorze ans. Lui était-elle promise ? Je ne l'ai jamais su. Sans doute Vergniaud l'eût-il épousée si la grande dame en noir, assise à son chevet ce soir-là, n'était venue substituer le couteau à l'anneau.

— N'ayez crainte, lui dis-je. J'irai la trouver dès demain.

— Alors je vous suis redevable. J'ai peur, malheureusement, de ne pouvoir vous rendre cette faveur dans cette vie. Dans une autre, peut-être...

Puis, se tournant vers ses amis :

— Messieurs, leur dit-il, votre compagnie est agréable, mais je souhaite me présenter devant le bourreau avec toute la clarté de mon esprit. Il ne nous reste que quelques heures pour dormir. Alors à demain.

Et tous, en chœur :

— Vergniaud a raison. Allons dormir !

Alors, à l'exception de Gensonné qui écrivait quelque lettre, ils gagnèrent leur lit, les uns pour se reposer, les autres pour étouffer leurs sanglots.

C'est seulement à cet instant, quand ils furent couchés, que je décidai d'accomplir la tâche que je m'étais depuis longtemps assignée. Car ce n'était pas un hasard si je me trouvais à la Conciergerie ce soir-là. J'avais quelqu'un à sauver. J'allais le trouver et lui dis :

— Monsieur, vous êtes libre !

Il ne me crut pas. Les murs étaient épais, les barreaux de fer solidement scellés, les verrous consciencieusement fermés. La Conciergerie, c'était l'*Enfer* de Dante – *lasciate ogni speranza, voi ch'entrate !* –, c'était les Plombs de Venise sans fuite possible par les toits. Nul, ici, ne pouvait s'improviser Casanova.

— Qui êtes-vous ? me demanda-t-il.

— Ne me reconnaissez-vous donc pas ?

J'ôtai alors mon bonnet, approchai une bougie pour mieux éclairer mon visage.

— Toi ici ? Non... Impossible !

— Et pourtant me voilà.

— Comment as-tu... ?

Peut-être, Monsieur, vous dois-je quelques explications. Je ne vous ai pas tout dit. On croit tout savoir d'un homme et on découvre, stupéfait, qu'il n'est pas tout à fait celui qu'il prétendait être, ou s'il l'est, du moins y a-t-il encore quelques facettes de sa personnalité que l'on ignorait. Avant d'être gardien de prison pour la Révolution puis soldat pour l'Empereur, j'étais cent-suisse pour le roi. Je faisais partie de ce noble corps dont la devise *Telle est la fidélité de ceux de cette nation* est inscrite en latin sur le drapeau blanc. J'étais aux Tuileries le 10 août. Je vous vois tressaillir ; vous savez ce que cela signifie. On a dû vous conter le massacre, les gardes jetés vivants par les fenêtres, ceux tués à coups de sabre et de pique, ceux découpés en morceaux dans les appartements de la reine, celui dont on arracha le cœur pour le bouillir... Tout cela est connu.

C'est un miracle si j'y ai échappé. Je fus blessé, laissé pour mort sous un monceau de cadavres. Je parvins à me traîner quelques mètres, à me relever, à quitter le palais pour gagner les Champs-Élysées. C'est là qu'un homme me recueillit, me cacha, me soigna, me donna de l'argent, des vêtements, des faux papiers. Deux mois plus tard, j'étais rétabli. Plutôt que de fuir Paris et gagner la Suisse comme il me l'avait conseillé, je restai dans la capitale sous un faux nom, et jurai de venir un jour en aide à cet homme qui m'avait sauvé la vie. Cet homme, c'était Gensonné.

Quand il fut arrêté, je ne pensais plus qu'à solder ma dette envers lui. Il m'avait arraché à la fureur du peuple, je l'arracherai à celle de ses accusateurs. Je me fis jacobin, devins gardien de prison, d'abord à l'Abbaye, ensuite à la Conciergerie.

— J'ai forcé la main du destin, lui dis-je. Mais qu'importe, nous n'avons pas de temps à perdre. Voilà mon plan : vous allez enlever vos habits, revêtir les miens, me ligoter, prendre ce trousseau de clefs et cette bourse, et vous enfuir. Les guichetiers sont soûls, ils ne feront pas attention à vous. Partez loin d'ici, évitez les routes, ne dormez pas dans les auberges, préférez les granges. Vous trouverez sans doute une âme charitable qui vous accueillera comme jadis vous m'avez accueilli. Attendez que tout se calme, que la Montagne s'écroule. Et si Dieu le veut, vous reviendrez en vainqueur.

— Et toi, mon ami ? Que vas-tu devenir ?

— Moi, monsieur, je jouis du privilège d'être toujours en vie grâce à vous. On me trouvera et alors... s'il faut aller en prison, je supporterai la prison ; s'il faut mourir, je suis prêt à mourir.

— Ton dévouement t'honore. Mais je ne saurais accepter une offre qui te perdrait.

— J'étais déjà perdu et par votre bonté je vis encore aujourd'hui. J'étais condamné, vous m'avez accordé un sursis.

— Mon ami, me dit-il en me serrant dans ses bras, je t'en suis reconnaissant, mais je dois refuser.

Je protestai :

— Mais... Monsieur... Enfin...

— Quand je t'ai recueilli, que faisais-tu ?

— Ma compagnie se faisait massacrer, plus personne n'était en vie, le roi s'était réfugié à l'Assemblée...

— Et qu'aurais-tu fait si, quelques heures auparavant, je t'avais proposé de te réfugier chez moi, d'abandonner ta compagnie ?

— Je suis un soldat. Je serais resté. Un soldat ne quitte pas son poste.

— Bien ! Vois-tu, je suis, moi aussi, un soldat devant l'ennemi. L'ennemi combat la liberté. Je la défends. Je ne quitte pas mon poste. Et mon poste, quand la liberté se meurt, c'est l'échafaud.

— Mais monsieur...

— N'insiste pas. Je ne me fais aucune illusion sur le sort qui m'attend, mais je subirai sans m'avilir. Mes commettants m'ont envoyé ici : je dois mourir au poste qu'ils m'ont assigné. Adieu, mon ami !

Et il partit se coucher.

Dans un angle de la pièce, Valazé dormait déjà depuis plusieurs heures. Un drap recouvrait son corps. Il avait froid.

Il nous faut, Monsieur, revenir un peu en arrière afin que vous puissiez comprendre pourquoi ce pauvre homme n'avait pu prendre part aux agapes en même temps que ses compagnons d'infortune. Il nous faut revenir à la veille, aux alentours de minuit, sous les voûtes du palais de justice.

Il y avait déjà sept jours que durait le procès. Cela peut paraître peu, c'était beaucoup à l'époque. La justice révolutionnaire était révolutionnaire avant d'être justice. Les audiences étaient de simples formalités, l'accusateur public redoutait que le glaive de la loi ne rouille entre ses mains, les avocats, quand il y en avait, se gardaient de prendre la défense de leurs clients, de peur qu'on ne leur reprochât un manque de zèle républicain, et les jurés eux-mêmes n'étaient là que pour la forme, terrifiés, s'ils faisaient preuve d'indulgence, de comparaître à leur tour sur le banc des accusés. Il n'y avait ni appel en cassation ni recours en grâce, il n'y avait que la guillotine et la terreur. La guillotine qui chaque jour coupait plus de têtes, la terreur qui frappait au hasard. Et pour le sortir de la terreur, pour éloigner le spectre du triangle d'acier, le peuple ne voyait que la main de la Providence, une espèce de miracle qu'il n'avait pas encore appris à nommer Thermidor. Sept jours, c'était trop long pour la Montagne, pour

Robespierre, pour Saint-Just, pour Herman. Le peuple allait finir par s'attendrir envers ces hommes dont, au fond, on ne connaissait pas bien le crime. Il fallait en finir, et rapidement. On ferma les débats, le jury rendit son verdict, l'accusateur public son réquisitoire et la sentence fut la même pour tous les accusés :

— La mort !

À ce mot prononcé par Fouquier-Tinville, les condamnés se levèrent, s'indignèrent, poussèrent des cris de rage et de consternation. Ceux qui s'attendaient à être acquittés restaient incrédules. Fonfrède et Ducos, qui avaient plus souvent voté avec la Montagne qu'avec la Gironde, se jetèrent dans les bras l'un de l'autre ; Mainvielle et Duprat, qui avaient sacrifié leur honneur pour offrir Avignon à la France, qui, dans cette conquête, avaient eu Antonelle, le président du jury, pour allié, maudissaient les jurés ; Boileau lança son chapeau en l'air et s'écria : « Je suis innocent, je suis jacobin, je suis montagnard ! » ; Sillery, quant à lui, se réjouissait : « C'est le plus beau jour de ma vie ! » ; seul Vergniaud restait impassible, qui promenait un regard dédaigneux sur ces vivants dont la mort cueillerait jusqu'au nom, lui qui bientôt serait mort, mais dont le nom resterait immortel, lui qui laisserait son empreinte dans les siècles et dans les cieux.

Bientôt, le désordre atteint l'auditoire. Un jeune homme se dirigea vers la porte et, se couvrant les yeux des deux mains, s'écria : « Laissez-moi fuir ! Laissez-moi me dérober à la vue de ces malheureux ! C'est ma faute, c'est mon livre qui les a tués ! » La foule le retint. Elle semblait lui dire : *Regarde la conséquence de tes actes ; regarde ces hommes que tu envoies à l'échafaud ; regarde et souviens-toi, car dans six mois ton tour viendra.* Cet homme, c'était le procureur de la Lanterne, Camille Desmoulins. Son *Brissot dévoilé* avait servi de fondement à l'acte d'accusation. Il voulait échapper à ce spectacle déchirant ; on l'obligea à rester.

Certains condamnés jetèrent leurs assignats. On a dit qu'ils cherchaient par ce geste à corrompre la foule, qu'ils l'exhortaient à se soulever. C'était mal connaître ces hommes. Dignes représentants du peuple, ils lui léguaient simplement une monnaie qui leur était devenue inutile. En quoi ces morceaux de papier auraient-ils pu leur être d'un quelconque secours, une fois leur tête dans le panier du bourreau ? À couvrir les frais de leur enterrement ? La République s'en occuperait : une fosse commune, quelques pelletées de terre, et c'est tout.

Profitant du tumulte, un homme sortit de ses vêtements un stylet qu'il était parvenu à dissimuler. Il aurait pu en faire usage contre un des gendarmes, le poignarder, provoquer une émeute et tenter de s'enfuir. Il préféra le tourner contre lui pour s'effondrer dans les bras de Brissot : « Hé quoi, mon ami, lui dit-il. Tu faiblis ? » Et l'homme, en expirant la main sur le poignard, l'autre autour du cou de son ami, ne put répondre que ces trois mots : « Non, je meurs. » C'était Valazé.

Le tribunal, embarrassé par le cadavre de cet homme qui avait préféré se percer la poitrine au lieu d'attendre sagement comme les autres que sa tête fût tranchée, considéra la peine qu'il s'était infligée comme insuffisante. Encore fallait-il, fait unique dans l'histoire de France, que le mort soit supplicié : on ordonna que le corps *serait réintégré dans la prison, conduit dans la même charrette que ses complices au lieu du supplice, et inhumé avec eux.*

*

Deux heures ne s'étaient pas écoulées depuis que Gensonné avait refusé mes services quand le bourreau et ses aides arrivèrent à la Conciergerie. À l'exception de Fauchet qui priait avec ferveur, tous les condamnés étaient calmes, et ils rivalisèrent d'ironie au moment de l'appel :

Vergniaud fut éloquent : « Présent, dit-il. Et si vous m'assurez que notre sang suffira à cimenter la liberté, soyez les bienvenus ! »

Ducos parodia Robespierre : « Je n'aime point les longs discours, je ne sais pas outrager la raison et la justice. »

Fonfrède y alla d'un bon mot, fut interrompu et dit finalement : « Eh bien, présent tout court ! »

Une fois que le bourreau et ses aides eurent fini leurs sinistres apprêts, tous se pressèrent autour de Vergniaud. Il était leur chef naturel, c'était à lui que devait revenir l'honneur de sortir en premier, la tête haute, le regard fier, le torse bombé. Mais il se retourna, désigna le corps de Valazé et dit : « Voici notre aîné dans la mort. Qu'il nous montre le chemin. » Au bout du chemin allait commencer le massacre de la jeunesse, de la beauté, de la vertu, du talent.

Cinq charrettes les attendaient devant la Conciergerie. Sur la cinquième fut placé le cadavre de Valazé, à qui on avait enlevé son linceul taché de sang, pour le recouvrir d'un linge grossier qui laissait entrevoir son bras pendant et sa main déjà blême. Ce cadavre semblait dire : « Mes amis, voyez comme je suis. Mon âme a quitté ce corps déjà froid. Je vous attends. »

Dans la rue Saint-Honoré, à hauteur des Tuileries, tous entonnèrent *La Marseillaise*. Vingt voix fortes qui, à l'unisson, couvrirent le bruit de la foule. Ces hommes qui allaient vers leur mort en chantant la gloire de la Patrie intimaient le respect à ceux qui se trouvèrent sur leur chemin ce jour-là. Le contraste était saisissant avec le triste spectacle auquel j'avais pu assister deux semaines plus tôt sur ce même trajet : la reine, seule dans la charrette, indifférente aux sarcasmes des poissardes et des camelots, regardait droit devant elle, gardant la tête haute pendant que Grammont, juché sur un cheval, brandissait un sabre en s'écriant : « La voilà, l'infâme Antoinette ! Elle est foutue, mes amis ! » Cela non plus, Monsieur, je ne l'ai jamais oublié.

Quand ils arrivèrent au pied de l'échafaud, sur cette place dont le nom change au gré des régimes politiques – place Louis XV sous Louis XVI, place de la Révolution après le 10 août, place de la Concorde sous le Directoire, le Consulat et l'Empire, place Louis XVI sous Louis XVIII et de nouveau place de la Concorde aujourd'hui –, il était onze heures du matin. Le brouillard voilait le soleil ; il pleuvait. Jamais l'hymne composé par Rouget de Lisle n'avait résonné avec tant de ferveur.

C'est Sillery qui, le premier, arriva sur la plateforme. Le député de la Somme, doyen des condamnés, salua la foule, à droite, à gauche, tel l'artiste qui s'apprête à quitter la scène de sa vie. Fauchet, Carra, Lesterpt-Beauvais, Duperret furent les suivants. Le sang giclait, débordait du panier, des caillots se formaient ; l'échafaudage s'imprégnait de la couleur écarlate, de telle sorte qu'il fallut, après que la lame du bourreau se fut abattue sur la nuque de Lacaze, le nettoyer à grand renfort de seaux d'eau.

Le chœur diminuait à mesure que le sacrifice continuait. Boileau, Antiboul, Gardien, Lasource, Brissot, Lehardy, Duprat furent sacrifiés.

Ducos était assis à côté de Fonfrède. Quand ce fut à son tour, il embrassa son ami une dernière fois : « Mon frère, c'est moi qui t'ai conduit à la mort ! » lui dit-il. Et ce frère d'alliance, qui bientôt le rejoindrait dans l'autre monde, tentait de le consoler : « Au moins, nous mourons ensemble ! »

Le chant funèbre perdait son intensité, pas sa vigueur. Ils n'étaient plus que six – Gensonné, Mainvielle, Fonfrède, Duchastel, Vergniaud et Vigée. Et les six usaient leurs dernières forces dans les paroles de *La Marseillaise*, paroles somptueuses desquelles ils puisaient l'énergie d'aller mourir. Gensonné, au moment de monter sur l'échafaud, me chercha du regard. Il ne trouva que mes yeux rougis de larmes.

Bientôt, il n'en resta plus que deux. On a souvent affirmé que Vergniaud eut l'honneur de passer sur la planche en dernier. Comme je l'ai déjà dit, c'était le chef naturel des Girondins et il eût été dans l'ordre des choses qu'il restât en vie jusqu'à la fin du funeste spectacle, le cérémonial de l'assassinat judiciaire assignant de coutume la dernière place au plus coupable des accusés, c'est-à-dire, aux yeux du tribunal, à celui qui était à la tête de sa faction. Le bourreau, d'ailleurs, ne s'y tromperait pas quelques mois plus tard, qui laisserait à Hébert puis Danton les égards du dernier supplicié.

Et pourtant, ce jour-là, c'est avec Vigée, et non Vergniaud, que le sacrifice allait s'achever. Il fut le vingtième à passer sur la planche. Il chantait encore sur la bascule. *Contre nous de la tyrannie, l'étendard sanglant est levé !* Le couteau tomba ; le silence aussi.

Comprenez, Monsieur, que ce silence fit la plus grande impression sur mon âme. C'était le

31 octobre 1793, dixième jour du deuxième mois de l'an II de la République. Il était onze heures et demie. En un demi-tour de cadran, la Révolution avait achevé de dévorer ses propres enfants.

Je suis un vieil homme. J'ai vu les années défiler, les régimes se succéder. J'ai vu disparaître la Royauté et naître la République, j'ai connu l'Empire et la Restauration, j'ai vécu les Cent-Jours et le retour des Bourbons. Dix fois j'ai porté les yeux sur l'échafaudage de la guillotine, cent fois j'ai entendu le fracas de la lame libérée par le bourreau, mille fois j'ai humé l'odeur du sang fraîchement versé. Mais jamais plus, Monsieur, jamais plus je n'ai vu des hommes braver la mort avec tant de courage.

ELLE AVAIT ROUGI

Longtemps, j'ai été amoureux d'une fille qui préférait mon meilleur ami. Elle s'appelle Justine et elle descend en ligne directe de Philippe-François-Nazaire Fabre, plus connu sous le nom de Fabre d'Églantine, ce poète aujourd'hui oublié à qui l'on doit un tube que toute l'Europe fredonna au XIXe siècle – « Il pleut, il pleut bergère » – et la dénomination des mois du calendrier révolutionnaire.

Souvent, j'allais chez Justine, rue Mozart, à Paris, avec le secret espoir de la séduire. En vain : je l'ai aimée, elle m'a aimé, mais pas en même temps. Jamais notre amour, qui avait débuté sur les bancs d'une faculté de droit, ne fut synallagmatique. Bah ! Au moins cette passion inassouvie m'aura-t-elle permis de découvrir celle, sublime, forcément tragique, d'un homme pour une femme sous la Révolution. L'homme s'appelait Adam Lux, la femme Charlotte Corday. Si je connaissais vaguement la seconde (elle avait tué un type dans une baignoire que j'avais vue au musée Grévin), jamais je n'avais entendu parler du premier. Et c'est lors d'un après-midi chez Justine, entre deux tentatives de baisers avortées, que j'appris qui il était.

Jacques Fabre d'Églantine, le père de Justine, collectionnait tout ce qui pouvait se rapporter de près ou de loin à son glorieux aïeul. Parmi cette riche collection se trouvait une lettre de dix-sept pages jaunies par le temps. Dix-sept pages qui s'étaient retrouvées, nul ne sait comment, entre les mains du poète révolutionnaire pour finir, par le jeu des successions, dans celles du père de mon amie. Dix-sept pages d'une écriture fine et compassée, rédigées en allemand par Adam Lux, député extraordinaire de Mayence tombé amoureux de Charlotte Corday après qu'il l'eut aperçue sur la charrette qui la menait à l'échafaud. Dix-sept pages absolument bouleversantes datées du 4 novembre 1793, le jour où Lux fut lui-même envoyé sous la lame du « rasoir national ».

Cette lettre, testament d'un homme qui s'apprête à mourir pour une femme qu'il n'aura vue que le temps d'un trajet entre le palais de Justice et la place de la Révolution, n'avait jamais été traduite en français. Je n'y ai rien enlevé, rien ajouté. Les germanophones pourront lire la version originale au Musée des lettres et manuscrits, boulevard Saint-Germain, à Paris. Elle s'y trouve à côté de l'Adresse aux Français... de Charlotte Corday.

*

Le 21 octobre 1792, les hommes du général Custine entraient triomphalement à Mayence.

La cité rhénane, qui avait vu naître Gutenberg trois cents ans plus tôt, s'était enflammée pour les idées de la Révolution : l'armée fut accueillie sous les vivats de la foule, les évêques, les aristocrates et leurs domestiques quittèrent la ville, un arbre de la Liberté fut planté sur la place du marché, la République de Mayence fut proclamée et une délégation de trois membres, chargée de porter à la Convention le décret de réunion à la France, fut envoyée à Paris.

C'est ainsi que, quelques mois plus tard, je me retrouvai à l'hôtel des Patriotes hollandais, rue des Moulins, en compagnie de Forster et Potocki.

Rien, pourtant, ne me prédestinait à une carrière politique. Mes parents eussent préféré que je consacre ma vie à la médecine, mais l'anatomie me rebutait. Je me passionnai pour la philosophie, lus les plus grands auteurs, rédigeai une thèse sur l'enthousiasme, et entrai comme précepteur dans la maison d'un riche marchand de Mayence dont la femme avait une sœur que j'épousai rapidement. Trois filles naquirent de cette union et, fidèle aux préceptes de *Candide* et de l'*Émile*, je me retirai avec elles dans une petite ferme de Kostheim pour vivre avec mes livres et ma charrue, cultiver mon jardin, labourer ma terre, travailler en paysan et penser en philosophe. J'avais eu une enfance morne, sans autre occupation que l'étude du latin et du français, et il semblait que ma vie d'adulte devait se poursuivre d'un rythme égal, paisible et nonchalant. Le flot du temps, pensais-je, me porterait du berceau à la tombe. Mais les Moires s'en mêlèrent : le 14 juillet 1789, la Bastille fut décrénelée, et la tête de son gouverneur brandie au bout d'une pique. C'est ce jour-là, à vingt-trois ans, que ma vie a enfin commencé.

Je pensais qu'avec la Révolution, l'idéal prêché par Jean-Jacques se réaliserait. Les tyrans allaient succomber, les nations s'affranchir, et nous allions vivre les très riches heures de l'Humanité. Avec quelques hommes animés d'un amour ardent de la République, je créai le club des Amis de la liberté et de l'égalité, et posai ma candidature pour faire partie de la délégation chargée d'annoncer la bonne nouvelle à Paris.

Le 30 mars 1793, nous étions devant la Convention où Forster lut le décret par lequel Mayence se donnait à la France ; le lendemain, je jurai aux Jacobins de vivre en républicain ou de mourir ; le surlendemain, j'appris que Mayence était encerclée par les troupes austro-prussiennes. Nous qui comptions rester deux ou trois semaines, tout retour nous était désormais interdit. Or nous n'avions rien : un habit, quelques chemises et une indemnité journalière de dix-huit livres versée en assignats dévalués. Cette aumône, quoique modeste, nous mettait à l'abri du besoin. Nous n'étions pas à plaindre ; dans les rues, certains crevaient de faim.

Aux Jacobins, je ne manquai aucune des séances. La désillusion fut rapide : ils n'avaient d'autre arme que de calomnier les honnêtes gens pour les chasser et les réduire à l'impuissance. À la Convention, c'était presque pire : au lieu du palais de la Liberté que j'avais imaginé, c'était celui des discordes et des déchirements. Seuls quelques hommes, Girondins pour la plupart, trouvaient grâce à mes yeux. L'amour ardent et désintéressé de la République me rattachait à eux. Bientôt, ils furent proscrits, les uns emprisonnés, les autres en fuite, et moi gagné par l'écœurement. Vêtu comme un cultivateur, une cocarde tricolore au chapeau, j'allais me perdre, seul, dans le bois de Boulogne, où je lisais et méditais. C'est au cours d'une de ces promenades, par un après-midi d'été, que je pris la résolution de me brûler la cervelle à la barre de la Convention. Ce sacrifice expiatoire, pensais-je, allait mettre un terme aux luttes fratricides. Je mis les citoyens Pétion et Guadet au courant de mon projet. Ils me dissuadèrent :

— Il y aura de l'émotion. On fera de beaux discours, on prononcera ton oraison, on emportera ton cadavre, on le mettra sous terre, et on t'oubliera.

Ils avaient raison : mieux valait parler directement au peuple qu'à ses représentants. Je rédigeai un *Avis* dans lequel j'en appelais aux hommes de bonne foi pour débarrasser la

France de ceux qui avaient galvaudé les principes de la Révolution et, au matin du 13 juillet, je le distribuai dans la rue. Cette brochure, si elle me causerait sans doute quelques ennuis, allait certainement faire grand bruit, j'en étais certain ; j'avais tort. Le soir, tout le monde n'avait qu'un nom à la bouche : Marat. Une jeune fille l'avait poignardé dans son bain. Elle s'appelait Charlotte Corday.

*

Je désapprouve l'assassinat de Marat. J'abhorre d'ailleurs tout assassinat, l'assassin fût-il un ange et l'assassiné un monstre assoiffé de sang. Marat était un homme ignoble, mais il était un représentant du peuple et il méritait, à cet égard, des considérations particulières. Et puis l'assassinat est l'Hydre de la fable : une tête coupée en produit trois autres.

Les faits sont simples : une fille délicate se croit obligée de s'immoler pour sauver la patrie en danger, en ôtant la vie à un homme qu'elle pense être la source des malheurs publics. Elle quitte son loyer paisible, ne se confie à personne, fait un long voyage de Caen à Paris, se rend au domicile de Marat où, d'une main sûre, elle exécute son projet.

Je n'ai pas assisté au procès. J'aurais voulu apercevoir Charlotte, mais la salle était chaque fois bondée, à tel point qu'il me fut impossible d'y entrer. Je voulais voir cette femme que Fabre d'Églantine avait décrite comme « une virago plus charnue que fraîche, sans grâce, malpropre, comme le sont presque tous les philosophes et beaux esprits femelles ». Je me méfiais du tableau esquissé par le médiocre poète. J'avais raison : Charlotte était sublime.

La première fois que je la vis, c'était à la sortie du palais de Justice. Quand la charrette traversa les grilles de la cour du Mai, le ciel de Paris devint gris, comme si la mine de Dieu s'assombrissait. Un déluge éclata ; il fit nuit en plein jour. Dans les cieux, les anges pleuraient ; debout, les mains derrière le dos, appuyée sur les ridelles, Charlotte accueillait chaque goutte avec un sourire qu'elle garderait tout au long du trajet.

Je courais au-devant de la charrette pour me poster à divers endroits, de façon à mieux la voir. Et quand elle arrivait devant moi, je recommençais, bousculant les uns, écartant les autres, indifférent aux insultes que je recueillais. Charlotte semblait ne prêter attention à personne. Elle regardait les gens aux fenêtres. Peut-être aperçut-elle, à l'une d'entre elles, Danton, Robespierre et Desmoulins, sans savoir que c'était eux. Je les vis, moi, observer la marche funèbre. L'Incorruptible paraissait agité, il parlait sans cesse, enlevait ses lunettes, les remettait, remuait nerveusement. Mais les deux autres, fascinés, ne l'écoutaient pas.

La charrette roulait depuis une heure quand, pour la première et dernière fois, le regard de Charlotte croisa le mien. Je restai pétrifié devant ses yeux en amande qui bientôt ne verraient plus que la lueur des ténèbres. Elle me fixa longtemps, peut-être dix secondes, pendant qu'une foule furieuse, visages en sueur, chevelures en désordre, chemises à demi arrachées, l'insultait continuellement. Elle, si calme, gardait une douceur inaltérable au milieu des hurlements barbares, ce regard si doux, si pénétrant, ces étincelles vives et humides qui éclataient dans ces beaux yeux, ces yeux dans lesquels parlait une âme aussi tendre qu'intrépide, ces yeux qui auraient pu émouvoir les rochers.

Cependant la pluie continuait de tomber sur sa chemise rouge qui lui collait maintenant à la peau, faisant apparaître ses formes. On devinait ses courbes gracieuses, arrondies, ses seins fermes que sa respiration soulevait. Le visage impassible, la bouche figée dans un demi-sourire, le regard pur et fier traversant les nuages, Charlotte interrogeait l'immensité. Et elle semblait voir dans les fureurs des plus sombres ombrages briller l'éternelle clarté.

L'orage ne dura pas longtemps. Il semblait fuir devant elle. Chaque pas des chevaux la rapprochait de la mort, mais elle restait d'un calme absolu, comme si ce voyage n'avait d'autre but que de rendre visite à une vieille amie. Ce n'était qu'une illusion ; sous la chemise, ses seins se soulevaient à une cadence de plus en plus soutenue : à mesure qu'on approchait, sa respiration s'accélérait. Quand la charrette eut atteint la place de la Révolution, le soleil revint. Au pied de l'échafaud, Charlotte descendit, fière, intrépide, le front paisible, le regard serein. Au moment où le bourreau lui arracha son fichu, sa pudeur en souffrit. Elle avança d'elle-même au-devant de la mort. Un huissier céleste appliqua les scellés sur mon cœur : je sus, dès cet instant, que personne au monde jamais plus n'y entrerait.

*

J'errai ensuite une heure ou deux dans les rues de Paris, et observai avec amertume la nouvelle trinité gravée dans le marbre des édifices : Liberté, Égalité, Fraternité. Il y a encore quelques mois, je frémissais de bonheur en prononçant ces trois mots que la Terreur a désormais effacés des frontons. L'arbre de la Liberté plie, mais ne rompt pas. La République est immortelle ; j'ai confiance : elle renaîtra.

Le soir de la mort de Charlotte, je descendis à l'hôtel de la Providence, au numéro 19 de la rue des Vieux-Augustins, et demandai la chambre où elle avait séjourné. Je voulais dormir dans le lit sur lequel son corps sublime s'était allongé, me vautrer dans les draps qui avaient recouvert sa chaste nudité. Peut-être, espérais-je alors, les fragrances de son parfum ne s'étaient-elles pas encore estompées. C'est une femme, une dame Grollier, qui m'accueillit.

— Et pourquoi c'est-y la chambre de cette scélérate que tu veux, citoyen ?

— Peu importe puisque je t'offre ma montre.

Elle considéra longuement l'objet, le rangea dans son tablier. C'était d'accord. Mieux valait ça qu'être payé en assignats. Avant de monter, je lui demandai une bouteille de vin. Arrivé dans la chambre, je m'assis, ouvris la bouteille et en bus la moitié.

Charlotte habitait mes pensées. Je rédigeai alors son panégyrique dans une douce frénésie. Là où il m'avait fallu près de trois semaines pour venir péniblement à bout de mon *Avis*, quelques heures me suffirent pour écrire l'*Éloge* dans une langue élégante nonobstant mes lacunes en français. Un détail qui n'a pas échappé au président Dumas : « Tout porte à croire, m'a-t-il dit tout à l'heure, lors du procès, que vous avez été le rédacteur de la brochure et que d'autres l'ont limée. » Il avait raison, mais j'ai refusé de donner des noms. Comment, en effet, expliquer que mon français se fût amélioré à ce point en l'espace de quelques jours ? « J'ai lu des livres », répondis-je simplement.

L'explication est plus banale : je suis allé trouver un poète dont la beauté des vers n'a d'égale que la haine des tyrans et je lui ai demandé de corriger mes écrits. Il accepta sous couvert de l'anonymat, et quelques heures plus tard me rendit la copie. Puis un imprimeur clandestin, peu regardant sur le contenu de ma prose, consentit à m'aider. Il refusa d'être payé en assignats – « Tous des faux, ils sont fabriqués en Angleterre. » Il n'était pas magnanime, simplement clairvoyant – « Rien ne vaut un peu d'or, c'est moi qui vous le dis ! » Alors je lui laissai ma bague, seul luxe qui me restât. Pour avoir prêté son concours à la publication d'écrits séditieux, il pourrait se retrouver sous la lame de la guillotine. Peu lui importait : « Je fais pas de politique, me dit-il. Pour moi la Gironde, la Montagne ou la Plaine, c'est du pareil au même. Tout ce que je veux, c'est mettre de la farine dans ma besace et un peu d'argent dans mon gousset. Or c'est pas ces messieurs de la Convention qui vont le faire à ma place, c'est moi qui vous le dis ! » Si c'est lui qui le disait... Le soir même, devant l'Assemblée, je distribuai mes brochures imprimées en tête de clou sur du papier à chandelle. Sans ce poète et cet imprimeur courageux dont je tairai les noms – j'aurais bien trop peur de les compromettre en les citant dans cette lettre –, il m'eût été impossible de mener ce projet à exécution. Si l'histoire ne leur rendra pas hommage, qu'ils veuillent bien trouver dans ces pages que je noircis d'une main fébrile l'expression de ma plus sincère reconnaissance.

L'*Éloge* rédigé, je bus l'autre moitié de la bouteille et me glissai enfin dans les draps. Je tremblais de vin, de joie et de terreur. J'étais résolu à mourir dans ce lit où Charlotte avait passé une de ses dernières nuits. Pendant longtemps, je fis tourner entre mes doigts le couteau que j'avais prévu de m'enfoncer dans la poitrine. Mais avant de mourir pour elle, je voulais souffrir pour elle. Je m'entaillai le bas-ventre et laissai le sang couler sur les draps. De blancs, ils devinrent grenat : la couleur de la chemise que portait Charlotte sur la sinistre charrette était à nouveau devant moi. Soudain, tout devint limpide, aussi limpide que le sang qui continuait à s'épandre : je devais vivre pour mourir comme Charlotte, sur l'échafaud, et non comme sa victime, le cœur transpercé par un couteau. Je pris la bougie qui dans la pénombre de la chambre éclairait faiblement et, pour cautériser la plaie, fis couler de la cire brûlante sur mes chairs lacérées.

Indifférent à la douleur, j'éprouvai au contraire un désir violent. L'image de cette chemise collée à sa peau par la pluie n'avait cessé de m'envoûter. Dans une incantation latine, pour convoquer Mutinus Mutunus, je murmurai *Carlotta* plusieurs fois. Et bientôt ce ne fut plus qu'une succession de cris saccadés. En m'abandonnant à des penchants onanistes, je profanais le sanctuaire de sa virginité. Qu'importe, je la foutais en pensée, elle qui n'a jamais connu d'homme. Je rêvais de posséder charnellement ce corps guillotiné, ce con que David et Chabot inspectèrent post mortem pour y chercher en vain les traces d'une quelconque débauche : elle était vierge au moment de monter sur l'échafaud ; nul amant n'avait armé son bras vengeur.

Le matin, je quittai ce lit souillé de foutre, de sueur et de sang. La gorgone qui avait témoigné contre Charlotte n'aurait qu'à tout nettoyer.

Mon *Schadenfreude* rassasié, il ne me restait plus qu'à expier cette nuit de vices par une mort plus vertueuse.

J'allai trouver le poète, puis l'imprimeur et distribuai l'*Éloge* de Charlotte devant l'Hôtel de Ville, le Palais-Royal et le palais des Tuileries, à tous les citoyens que je croisai, qu'ils fussent porteurs d'eau, savetiers, conventionnels ou boulangers. Je risquais ma vie pour Charlotte ; peu m'importait. Son aïeul n'avait-il pas écrit qu'à vaincre sans péril, on triomphe sans gloire ? Ma victoire serait l'échafaud. Un seul regret : ne pouvoir être enterré à Ermenonville, sur l'île des Peupliers, face au mausolée de mon maître. Sur ma pierre tombale, au pied d'un chêne centenaire, on aurait pu lire : « Ci-gît Adam Lux, disciple de Jean-Jacques Rousseau. » Au lieu de quoi l'ignoble bourreau jetterait froidement mon corps dans le tombereau. Car je ne demandais plus qu'une chose : que l'on me fît l'honneur de la guillotine, cet autel sur lequel on immole désormais les victimes. Forster soutenait que ma passion pour Charlotte m'avait égaré. Kerner me supplia de fuir. Pour aller où ? Dans Mayence occupée ? Je restai, accablé, ne me nourrissant plus chaque jour que du quart d'une livre de pain. Bientôt, j'en étais certain, on viendrait me chercher.

Fin juillet, je fus arrêté, interrogé et transféré à la Force. Il n'y avait là que quelques lits couverts de vermine et des sacs de paille dont il fallut s'accommoder. Nous étions une trentaine, dans une seule pièce, avec en guise de latrines un simple baquet de bois d'où s'échappait une odeur si pestilentielle qu'il fallait se couvrir le nez d'un mouchoir pour ne pas suffoquer. Pour seule pitance de la viande en putréfaction, des légumes gâtés, de la morue pourrie, et pour étancher la soif une demi-chopine d'eau de Seine. La première nuit fut la plus dure. Et puis, comme à toute chose, on s'habitue. Par la suite, je restai dans les appartements de l'infirmerie où l'on est mieux logé. Je passais mes journées à dormir, à lire et à deviser. Il y avait là de brillants esprits : Vergniaud, le plus grand orateur de notre temps, guillotiné il y a quatre jours; Miranda, ce général vénézuélien qui se battit en Afrique, aux États-Unis, dans les Antilles et à Valmy; Montané, ci-devant président du tribunal révolutionnaire, coupable, aux yeux de Fouquier-Tinville, d'avoir fait passer Charlotte pour folle afin qu'elle soit reconnue irresponsable de ses actes; Champagneux, qui au moment de son arrestation négociait le manuscrit autographe de l'*Émile* à Hérault de Séchelles; et tous ces hommes encore jeunes, courageux, qui attendaient patiemment dans l'antichambre de la mort que l'on vienne les chercher pour leur ôter la vie. Cela dura trois mois.

Je commençai à trouver le temps long et décidai, pour hâter les choses, d'envoyer une lettre à Fouquier-Tinville afin que la justice se prononçât sur mon cas : « Citoyen, écrivis-je, avoir des opinions différentes de ceux qui gouvernent est peut-être un malheur ; les publier est peut-être une imprudence : mais pourquoi serait-ce une folie absolue de ne ressembler tout à fait à tout le monde ? Je demande à être jugé promptement afin que le tribunal décide si je suis républicain ou contre-révolutionnaire, fou ou raisonnable, sage ou égaré, innocent ou coupable : car tout me paraît préférable à l'opprobre injuste et immérité d'être nourri et enfermé comme inutile, pitoyable, méprisable. Par conséquent, je vous prie instamment de décider bientôt s'il y a lieu d'accusation contre moi, oui ou non, et dans le premier cas de me faire juger. Quelle que soit la suite de ce jugement, croyez que vous m'aurez obligé. »

Et pour être sûr d'arriver à mes fins, dans une autre lettre écrite sous le pseudonyme de Moschenbey, je sommai l'accusateur public de livrer au tribunal révolutionnaire *l'effroyable Adam Lux qui avait traité Marat de monstre et comparé l'infâme Charlotte Corday à Brutus.*

Il paraît qu'on se divisait sur mon sort. Certains me croyaient fou – *Le Courrier de l'égalité* me recommanda des bains froids – et pensaient qu'en me condamnant on ferait de moi un martyr ; d'autres soutenaient que puisque j'avais décidé de mourir et m'étais rendu coupable d'écrits contre-révolutionnaires, il fallait satisfaire ma requête. Les seconds l'emportèrent. Quelques jours plus tard, l'acte d'accusation me fut signifié.

Le procès débuta avec le président Dumas me questionnant sur mes origines :

– Vous vous appelez Adam Lux, âgé de vingt-sept ans et dix mois, résidant à Kostheim, près de Mayence. Allemand, donc ?

— Né sujet d'un prince allemand, rétorquai-je, je suis devenu français pour avoir cru à la pureté de la Révolution. Aujourd'hui, je n'ai plus d'autre Patrie que la Liberté.

Je fus condamné à la peine de mort comme « auteur d'écrits contenant provocations à la dissolution de la représentation nationale et au rétablissement d'un pouvoir attentatoire à la souveraineté du peuple ». Pour ma défense, je ne répondis qu'une seule phrase : « Je me soumets à la loi. » Cette loi dont le glaive m'aura, dans deux heures tout au plus, envoyé *ad patres.* C'est le 29 mars, soit cent dix jours avant la mort de Charlotte, que je suis arrivé en France. Je vais mourir le 4 novembre, cent dix jours après elle. On ne m'empêchera pas de voir dans cette funeste symétrie temporelle la marque du destin. Et que peut l'homme contre le destin ? Une tuile tombant d'un toit aurait pu me tuer, et ma mort n'aurait pas servi la liberté ; de cette façon, au moins, je meurs avec honneur. Puisse cette pensée consoler ma femme que j'aime quoique je meure pour une autre ; elle pleurera ma perte mais s'en sentira honorée. Je ne pourrai l'aider à élever nos filles, mais je leur laisse en souvenir mes sentiments, ma vie et ma mort.

Sabine, ma chère femme, Appolonie-Thérèse,

Marie-Anne, mes filles adorées, veuillez m'excuser pour le chagrin que je vais vous causer. Mais bientôt, je serai plus près de vous que ces six derniers mois, car mon esprit, délivré de l'enveloppe terrestre, ne tardera pas à planer autour vous.

En attendant, je suis ici, dans cette cellule étroite. Il ne me reste que peu de temps pour terminer cette lettre qui sera en quelque sorte mon testament. Les hommes qui la liront, s'il y en a un jour, comprendront peut-être ma résolution. Si j'ai choisi de mourir, ce n'est pas, comme on a pu l'écrire, par frivolité ou par folie. Ce choix est le fruit d'une longue réflexion. En épousant la mort, j'ai choisi l'action. J'ai pesé le pour et le contre, et refusé de tenir compte du contre. Je dois conclure et c'est encore à Charlotte que je pense.

Après que la lame du couperet se fut abattue sur sa nuque, un aide-charpentier fanatique de Marat empoigna la tête dans le panier, la brandit devant la foule encore excitée et, outrage suprême, la souffleta trois fois. Un frisson d'horreur parcourut la place de la Révolution et, au lieu des applaudissements attendus, ce ne furent que des murmures d'indignation. Comme des milliers d'autres qui avaient assisté à l'effroyable spectacle ce jour-là, je peux le jurer sur l'honneur de feu la République de Mayence occupée par la Prusse et l'Autriche, sur les marches de l'échafaud que je grimperai comme on grimpe les degrés d'une apothéose, sur ma tête qui tombera bientôt dans le panier du bourreau et sur celles des exécuteurs, mes frères, que j'embrasserai tout à l'heure car en remplissant leur office ils m'enverront rejoindre celle pour qui j'ai choisi d'être là aujourd'hui : son beau visage offensé dont les yeux n'étaient qu'à demi clos devint pourpre ; elle avait rougi.

ADAM LUX,
Député extr. de Mayence

TU MONTRERAS MA TÊTE AU PEUPLE

Paris baigne dans une douce lumière de printemps. Des milliers de filles se fardent avant d'aller faire le trottoir. Les lavandières battent leur lessive. Les moutons paissent au rond-point des Champs-Élysées. Ce 16 germinal de l'an II est un jour comme les autres. Sauf pour moi, dont c'est le dernier.

Quand Sanson et ses aides sont venus nous *faire la toilette*, je me suis laissé tomber sur une chaise, j'ai arraché le col de ma chemise et je leur ai présenté ma nuque dénudée. Ils ont enlevé une mèche, une seule. Puis ils sont passés à Philippeaux, à Hérault, à Lacroix. Camille, recroquevillé, pleurait en silence. Des larmes pour Lucile, sa femme, et pour leur fils Horace. Quand son tour est venu, il s'est rué sur les aides du bourreau. « Pourquoi s'en prendre à ces valets de la guillotine ? lui ai-je demandé. Ils ne font que leur métier. » Ils parvinrent à le maîtriser, élaguant ses cheveux pendant que des larmes de colère ruisselaient sur ses joues. Oh, il n'était pas le seul à pleurer ! Chabot pleurait dans les bras de Bazire ; Emmanuel Frey dans ceux de son frère Junius ; Fabre pleurait sa pièce de théâtre. J'écoutais la rumeur de la foule immense, pressée contre la grille du palais. Elle voulait me voir une dernière fois, moi, Danton, le tribun, l'homme du peuple, que la lame de la Veuve frapperait dans moins d'une heure. On est sorti chacun notre tour, escorté par deux gendarmes. Trois charrettes peintes de rouge, attelées par deux chevaux, nous attendaient dans la cour du Mai. Je suis monté dans la première. Et me voilà debout au premier rang, Hérault à mes côtés, Fabre, Camille et Philippeaux derrière. Seul Chabot est assis. Le charretier, notre Charon, reçoit l'ordre d'y aller. La voiture s'ébranle. La mort nous attend.

*

On quitte l'île de la Cité par le Pont-au-Change. Sur le fleuve, les barques s'arrêtent. Quelques hommes se découvrent. D'autres se signent. Certains, le regard torve, observent la scène avec délectation. La plupart ne montrent ni joie ni horreur. Seulement de l'indifférence. On tourne à gauche, quai de la Mégisserie. C'est tout près d'ici, au café du Parnasse, que j'ai rencontré Gabrielle. Elle n'était que la fille du père Charpentier, contrôleur des fermes et propriétaire de l'établissement ; elle est devenue ma femme. J'étais en Belgique avec Camus et Lacroix quand j'appris la terrible nouvelle : elle était malade, très malade, et il ne lui restait plus que quelques jours à vivre. Fiévreux, tourmenté, je revins à Paris en toute hâte. Trop tard : elle était déjà morte, sous terre depuis plusieurs jours. Je revois les pleurs de Louise, de Lucile, l'armoire de Gabrielle, ses robes qui exhalaient encore son parfum – ce souffle hespéridé de bergamote et d'orange, de santal et de cèdre. Pendant plusieurs heures, je pleurai, rugis, maudis ce Dieu qui m'avait enlevé l'être que je chérissais plus que tout. On a beaucoup jasé sur ce qu'il s'est passé après : ce n'était que le geste d'un homme accablé de chagrin qui avait perdu la femme qu'il aimait et voulait l'étreindre une dernière fois. J'allai au cimetière Sainte-Catherine et la fis déterrer. Je brisai le cercueil, arrachai le linceul, serrai Gabrielle dans mes bras, caressai ses joues froides comme le marbre, embrassai ses lèvres et laissai Deseine mouler le visage que j'avais jadis couvert de baisers. « Si, dans les seuls malheurs qui puissent ébranler une âme comme la tienne, la certitude d'avoir un ami tendre et dévoué peut t'offrir quelque consolation, je te la présente. Je t'aime plus que jamais, et jusqu'à la mort. » Jusqu'à la mort... Ce dernier mot de Robespierre résonne funestement, aujourd'hui qu'il m'y envoie. Je vais bientôt rejoindre celle pour qui mon cœur se serre encore alors que je murmure son nom : Gabrielle. *Requiescat in pace.*

Après le quai de la Mégisserie, nous voilà rue

de la Monnaie. Des curieux se pressent aux fenêtres. Les charrettes se frayent difficilement un chemin. Je fixe la foule avec orgueil et dédain. Hérault semble morne, abattu, presque indifférent. Camille a l'air effaré. Il espère attendrir le peuple, cette vile canaille : « Ne me reconnaissez-vous pas ? C'est à ma voix que la Bastille est tombée ! » La foule est hostile. Elle le hue, elle l'insulte. Camille devient blême. Il continue : « Je suis le premier apôtre de la Liberté ! Sa statue va être arrosée par le sang d'un de ses enfants. À moi, peuple du 14 juillet, ne me laissez pas assassiner ! » Les cris redoublent d'intensité. Les quolibets fusent. Il paraît encore plus accablé. Il veut poursuivre ses exhortations, mais Lacroix lui intime l'ordre de se taire : « Calme-toi, lui dit-il. Songe à leur commander le respect plutôt qu'à exciter leur pitié. » Alors Camille se tait, rabat les lambeaux de sa chemise sur son torse émacié, et pleure en silence.

Devant le café de la Régence, David est là, avec son bloc à dessin et son crayon à la main. *Valet !* Il veut me croquer, saisir les derniers tressaillements de vie chez Danton, comme il l'a déjà fait pour l'Autrichienne. Surtout, garder la tête haute, le regard plein de défi, d'orgueil, de mépris.

Sur les marches de l'église Saint-Roch, une grosse femme au visage de Gorgone soulève son enfant à bout de bras pour qu'il ne perde rien du prodigieux spectacle. Je frémis devant ces yeux dont le blanc s'irrigue de vaisseaux rouges qui éclatent en petites flaques. N'en déplaise à l'horloger de Genève, l'homme n'est pas naturellement bon. Le peuple non plus.

Plutôt que de le sortir de sa misère, on lui a jeté des têtes en guise de pain, et du sang en guise de vin ! On lui a offert celui du roi, de la reine, des nobles... Ça ne l'a pas rassasié. Ce minotaure à qui l'on doit chaque jour donner ses cadavres s'abreuve maintenant du sang des enfants de la Révolution ; ce sang vermeil qui ruisselle sous la guillotine pour se mêler aux eaux du Styx ne lui a pas suffi. Il lui faut encore celui de Desmoulins, de Fabre, de Danton... Et bientôt, oui, bientôt viendra le tour des autres... La Révolution meurt et ils mourront avec elle. Je ne leur accorde pas six mois. Je les entraîne dans ma chute. Les Robespierre, les Couthon... Aucun d'eux ne sait gouverner. Si encore je laissais mes couilles au premier et mes jambes au second !

343, rue Saint-Honoré... C'est justement là que vit l'Auvergnat, cloué dans son fauteuil jaune pâle, avec ses inutiles souliers à boucles chaussant ses pieds qui ne lui obéissent plus... Au 366, les charrettes marquent une pause. C'est ici, dans la maison Duplay, que loge l'avocat d'Arras. Les têtes se tournent vers ses volets qui restent clos. Lacroix me dit de sa voix rogommeuse : « Le lâche, il se cache comme il s'est caché au 10 août ! » Camille s'emporte : « Monstre, auras-tu soif après t'être gorgé de mon sang ; pour te soûler, faudra-t-il celui de ma femme ? » J'explose : « Robespierre, c'est en vain que tu te caches, tu y viendras, et l'ombre de Danton rugira de joie dans son tombeau quand tu seras à cette place ! » Un homme m'interpelle : « Laisse le citoyen Robespierre, lui seul est vertueux ! » J'ai envie de lui répondre : « Sais-tu, citoyen, où je lui mets sa vertu ? » Mais je ne dis rien. Qu'importe, après tout...

Lui et sa maudite vertu ! Il n'a toujours eu que ce mot à la bouche. Il s'en pare pour mieux souligner les vices de ceux qu'il envoie sur l'échafaud. Oh, il n'a pas grand-chose à se reprocher – fût-ce la mort de ses amis : il n'a jamais touché d'argent, n'a jamais fait de dettes, ne s'est jamais enivré, a toujours été habillé comme il faut, et il n'a jamais goûté aux plaisirs de la chair – encore que ce nouveau Jupiter, à entendre certains, n'a guère besoin des métamorphoses du dieu de l'Olympe pour s'humaniser avec la fille de son hôte... Foutaises ! L'Incorruptible est surtout d'une honnêteté révoltante. Ah ! Il fallait le voir, lui qui pâlissait à la vue d'un sabre nu, avec son regard froid, son rigorisme et son austérité, monter à la tribune et se lancer dans une éloquente philippique de ses lèvres minces et pincées, comme s'il eût, de la pointe au pommeau, le sceptre royal enfoncé dans le cul ! Non, Robespierre, je n'ai pas toujours été vertueux. Mais sache, paltoquet, que je me fous de ta vertu ! Il n'y a pas de vertu plus solide que celle déployée chaque nuit avec Gabrielle, avec Louise, et avec toutes les autres !

Les femmes... Lacroix me disait que leurs cuisses me guillotineraient, que le mont de Vénus serait ma roche Tarpéienne. Car oui, je les ai aimées. Je ne l'ai jamais caché. Gabrielle le savait; Louise le savait; la France le savait. J'ai fait l'amour à tant d'entre elles que je passais, dans tout Paris, pour l'un des citoyens les plus habiles au déduit. Voilà un titre de gloire dont tu ne saurais te prévaloir, Robespierre. Un titre que jamais tu ne pourras m'enlever, fût-ce sous la lame du rasoir national!

Je les ai aimées, et je dois avouer qu'elles me l'ont bien rendu. Je n'ai pourtant jamais été beau : la faute à cette vache, ma première nourrice, au pis de laquelle je m'allaitai. La faute, surtout, au taureau en rut qui se précipita sur elle, me déchirant la lèvre d'un coup de corne. Une première cicatrice dont je gardai, sept ans plus tard, un désir de vengeance : l'animal paît tranquillement, je me rue sur lui avec un bâton, il me renverse et m'écrase le nez. Puis c'est un troupeau de cochons, las de mes coups de fouet, qui me passe sur le corps. Enfin, la petite vérole, accompagnée du pourpre, achève de diluer mes cicatrices dans un masque tavelé. Le teint grêlé, la figure affreuse, la bouche déformée, j'allais devenir, bien plus tard, le Silène des Cordeliers.

Les femmes... En voilà une, coiffée d'un bonnet phrygien, qui nous montre son sein. C'est Catherine, une jeune comédienne dont les charmes plus que le talent ont contribué à faire la fortune. Fabre l'a rencontrée à Namur, dans les Pays-Bas autrichiens. Il voulait l'épouser, mais la mère de la jeune fille, moins sensible aux belles phrases qu'aux écus sonnants, s'y opposa fermement. Alors Fabre décida de l'enlever. Mauvaise idée : les deux amants furent bientôt rattrapés. Accusé de rapt et de séduction d'enfant mineur, il fut condamné à la pendaison avant que le gouverneur des Pays-Bas ne prononce sa grâce. Je n'ai jamais autant ri que le soir où, avec Camille et Philippeaux, au Parnasse, il nous conta cette histoire. Fabre... On a dit de lui qu'il était le plus lâche coquin que la terre ait porté, qu'il possédait la fourberie et la scélératesse à un degré jamais égalé, qu'il n'était qu'un comédien raté n'ayant connu que les sifflets, que toutes celles qui se produisaient avec lui sur la scène se reproduisaient ensuite dans son lit... On a dit tant de choses et pourtant le personnage me plaisait. Il m'amusait, avec ses vers, sa vanité et son orgueil : encore jeune homme, il accola l'Églantine à son nom, en souvenir du prix d'éloquence des Jeux floraux de Toulouse qu'il n'aurait, paraît-il, même pas remporté ! Qu'importe, j'en ai fait mon secrétaire, je lui ai donné des sommes considérables, toutes puisées dans le trésor public, je lui ai passé les escroqueries et les vols, et, rançon du succès, j'ai partagé des femmes avec lui.

Ce succès, je l'ai dû à ma voix. Une voix de stentor qui retentissait au milieu de l'Assemblée, tel le canon d'alarme appelant les soldats sur la brèche. Ah ! Qu'il était jouissif de mener le monde au gré des inflexions de cette voix forte, brusque, pénétrante, en un mot – sépulcrale ! Une voix qui faisait des jaloux, des craintifs, des envieux dont les voix, trop fluettes pour se faire entendre seules, s'ajoutaient l'une à l'autre pour me calomnier.

On a dit que j'avais de beaux habits, une belle maison, une jolie femme ; que je me baignais dans le bourgogne et mangeais du gibier dans des assiettes en argent ; que j'étais jouisseur, voluptueux, débauché, Mammon, sybarite ; que je vautrais mon corps et mon âme dans la fange pestilentielle des plaisirs qui se vendent ; que le Veto m'a acheté pour sauver sa couronne, que le duc d'Orléans m'a acheté pour que je vole la couronne et la lui donne, que l'étranger m'a acheté pour que je trahisse ma patrie. Un peu de vrai, beaucoup de faux, de médisances, de bavardages. Je ne confesse qu'une seule faute : celle d'avoir aimé la vie, les femmes et le vin. Le Figaro de Beaumarchais ne s'y trompait pas : *boire sans soif et faire l'amour en tout temps, il n'y a que ça qui nous distingue des autres bêtes.*

Je n'ai rien caché. Ou si peu. Je n'emporte qu'un secret dans le panier de Sanson : encore au collège, je voulais voir *comment on faisait un roi* et, m'échappant de Troyes, je gagnai la cité des sacres à pied. Le 11 juin 1775, j'ai assisté, dans la cathédrale de Reims, au couronnement de Louis le Dernier. Dix-huit ans plus tard, je votai sa mort. Pourtant, j'ai bien essayé de le sauver. Mais peut-on sauver un roi mis en jugement ? Il est mort quand il paraît devant ses juges.

Parlons-en, des procès... Le mien n'a été qu'une mascarade, une comédie. Les témoins à décharge ? Jamais cités à comparaître. Les jurés ? Soigneusement choisis par Fouquier. Les débats ? Abrégés. Les preuves ? Fabriquées. J'ai essayé de me défendre, parfois avec éclat, souvent avec colère. Je pensais que ma voix, qui tant de fois s'était fait entendre pour la cause du peuple, n'aurait pas de peine à repousser la calomnie. Herman m'avertit : « Danton, l'audace est le propre du crime, et le calme est celui de l'innocence... » Mais pouvais-je être maître de commander aux sentiments d'indignation qui me soulevaient contre mes détracteurs alors que j'étais si injustement inculpé, à deux pas de la guillotine ? Est-ce d'un révolutionnaire comme moi, aussi fortement prononcé, qu'il fallait attendre une réponse froide, timorée ? Je demandai qu'on produise mes accusateurs, que je puisse les plonger dans le néant d'où ils n'auraient jamais dû sortir, leur arracher le masque qui les dérobait à la vindicte publique. Nouvel avertissement. On me réclamait des égards, de la modération, du calme alors qu'il s'agissait de ma vie. M'accusait-on de corruption ? Je répondais que les hommes de ma trempe sont impayables, que c'est sur leur front qu'est imprimé, en caractères ineffaçables, le sceau de la liberté, le génie républicain. Me reprochait-on d'être un modéré ? Je faisais remarquer que mon nom est attaché à toutes les institutions révolutionnaires, de la levée au Comité de salut public, jusqu'au tribunal qui me jugeait. Des accords avec Mirabeau ? Tout le monde sait que je l'ai combattu, que j'ai contrarié ses projets toutes les fois que je les ai crus funestes à la liberté ! On m'accuse, je me défends. On ne peut m'arrêter, alors on suspend les débats. Le lendemain, je suis condamné, convaincu d'avoir trempé dans une conspiration tendant à rétablir la monarchie, à détruire la représentation nationale et le gouvernement républicain ! Pensez ! Moi, Danton ! Je me fous de leur jugement. Je l'ai dit à Ducray. Seule la postérité me jugera. Elle mettra mon nom au Panthéon et le leur aux gémonies ! Et si l'Histoire ne me rend pas justice, c'est que l'opinion publique est une putain et la postérité une sottise !

Peut-être aurais-je dû partir... On m'a dit : « Fuis, Danton ! Cache-toi ! Pars en Belgique, en Hollande, en Amérique ! » Mais est-ce qu'on emporte sa patrie sous la semelle de ses souliers ? Est-ce qu'il faut avoir brisé la tyrannie des privilèges, mis fin au monopole de la naissance et de la fortune dans tous les grands offices de l'État, dans nos églises, dans nos armées, dans toutes les parties de ce grand corps magnifique de la France pour finalement traverser la Manche ou l'Atlantique ? Est-ce qu'il faut avoir déclaré que l'homme le plus humble de ce pays est désormais l'égal des plus grands, que cette liberté chèrement acquise pour nous-mêmes doit être étendue aux esclaves et que nous confions au monde la mission de bâtir l'avenir sur l'espoir que nous avons fait naître, pour renoncer et réduire cet espoir à néant ? Est-ce qu'après avoir décrété la liberté pour tous les hommes, partout, en tout lieu, il ne serait pas criminel de partir et prendre le risque de l'étouffer ? Est-ce qu'enfin l'homme du sursaut national, sans qui Valmy n'eût été qu'une amère victoire prussienne, s'enfuit comme un vaurien ?

Et puis, il me faut bien l'avouer, je pensais qu'ils voulaient seulement me faire peur. J'étais certain qu'ils n'oseraient pas. Comme le roi, je n'ai rien vu venir. On raconte que dans son journal, à la date du 14 juillet, il n'aurait écrit que ces deux mots : « Aujourd'hui, rien. » Ils n'oseront pas, disais-je encore à Camille le mois dernier. Mais tout s'est si vite enchaîné : Saint-Just à la tribune, dans son costume d'archange de la Terreur, qui me lance des menaces à peine voilées : « La République ne peut être assise que sur l'inflexibilité... La justice n'est pas douceur, mais sévérité », ou encore : « Il y a une secte politique dans la France qui veut être heureuse et jouir », et aussi : « Les grands coupables veulent briser l'échafaud, parce qu'ils craignent d'y monter »... L'entrevue avec Robespierre que Laignelot avait arrangée pour calmer les esprits. Vaine tentative... Peu m'importait. La vie m'était à charge : « Mieux vaut être guillotiné que guillotineur ! » disais-je encore à Camille avec une indolence résignée. Alors « *Edamus et bibamus,* me répondait-il en latin, pour n'être entendu de Lucile; *cras enim moriemur!* » Il avait raison : « Mangeons et buvons, car demain nous mourrons! » Funeste présage que Saint-Just s'empressa de mettre à exécution : quelques jours plus tard, il réclamait nos têtes. Puis c'est l'arrestation, la première nuit au Luxembourg, le transfert à la Conciergerie, le procès... Et me voilà dans cette charrette qui lentement se fraye un chemin parmi la foule excitée. Bientôt, entre elle et nous, la barrière de l'éternité.

Fabre continue de pleurer. Ses larmes, soudain, m'arrachent un sourire. Tout à l'heure, quand le greffier nous a signifié la condamnation à mort, il s'est mis à hurler. Pas contre l'iniquité du jugement qui nous envoie à l'échafaud, mais contre les scélérats du Comité qui l'auraient dépouillé d'une pièce de théâtre. *L'Orange de Malte*, je crois. Il a peur que Collot ne la lui vole et ne s'en attribue la paternité. Alors qu'il en écumait encore, je lui ai dit : « Mon cher Fabre, ne t'inquiète pas : des vers, avant huit jours, tu en feras plus que tu en voudras. » Peut-être racontera-t-on, dans un siècle ou deux, comment Danton bravait la mort en faisant des bons mots. En vérité, j'ai peur. Et cette peur, je la masque comme je peux, mais intérieurement je tremble. Comme Bailly. Je repense à lui que j'ai combattu comme j'ai combattu l'infâme Pastoret, comme j'ai combattu Lafayette, ce vil eunuque de la Révolution, comme j'ai combattu tous les conspirateurs qui voulaient s'introduire dans les postes les plus importants pour mieux assassiner la liberté. Il y a quatre mois, Bailly était à la place qui m'est assignée aujourd'hui. Je le revois avec sa chemise en lambeaux sur son corps décharné, sous la pluie fine et glacée qui s'abat sur ses chairs violacées. Il frissonne. Ses muscles tressaillent. On entend le claquement de ses dents. Un homme s'extrait de la foule et lui demande : « Tu trembles, Bailly? » Et Bailly, très calme : « Oui. Mais seulement de froid. » Dernières paroles somptueuses, empreintes de fierté, d'orgueil, de dédain. Quels mots sortiront de ma bouche, de cette bouche qui, pour sauver la France, réclamait devant l'Assemblée de l'audace, encore de l'audace, toujours de l'audace, juste avant que le couperet ne s'abatte sur ma nuque ?

Garderai-je la dignité du roi qui monte avec majesté les degrés de l'échafaud, soutient le regard du peuple venu voir le couteau glisser sur sa tête et assure, avant que le roulement des tambours couvre définitivement sa voix, mourir innocent des crimes qu'on lui impute, pardonner aux auteurs de sa mort, et prier Dieu que le sang versé ne retombe pas sur la France ?

Saurai-je garder l'ironie froide de Ducos devant la guillotine avec ses amis, et qui dit encore à Fonfrède : « Quel dommage que la Convention n'ait pas décrété l'unité de nos vies et l'indivisibilité de nos têtes » ?

Ou partagerai-je l'amertume de Madame Roland, cette salope chaste dont les yeux se fixèrent sur la statue de la Liberté qu'elle interpella tragiquement : « Ô Liberté, comme on t'a jouée » ?

Je le saurai bientôt. Les charrettes tournent dans la rue Royale. Au loin, j'aperçois deux poutres encadrant le triangle d'acier... La guillotine. On raconte qu'en arrivant place de la Révolution, la meurtrière de Marat se serait penchée en avant pour mieux la regarder : « J'ai bien le droit d'être curieuse, dit-elle. Je n'en avais jamais vu ! »

Les rayons du soleil percent les feuilles des arbres et rougissent le ciel. Ce soleil, à Arcis, il m'arrivait de le braver par défi. Il va bientôt se coucher et je vais me coucher avec lui. Demain, il se lèvera à nouveau. Je resterai couché.

*

On descend des charrettes. Je pense à ma pauvre mère qui va longtemps me pleurer, à Madeleine, ma sœur, à mes deux fils, Antoine et François, que je ne reverrai plus et à celui que porte Louise, que je ne connaîtrai pas. Louise... Une sylphide au port de tête insolent, aux prunelles énigmatiques, au nez défiant, aux cheveux impétueux. C'est elle qui, après la mort de Gabrielle, m'a ramené à la vie. Elle n'avait que seize ans quand je l'ai épousée. Je la laisse veuve à dix-huit. Pour elle, qui était pieuse, je consentis à me marier devant un prêtre réfractaire, l'abbé de Kéravenant. Depuis tout à l'heure, ce brave abbé suit les charrettes pour me donner l'absolution. Ma pauvre Louise ! Que vas-tu devenir sans ton Georges ? Je ne passerai plus ma main dans tes longs cheveux bruns, soyeux. Je ne me perdrai plus dans le blanc de tes yeux bleus. Plus jamais, je ne dégraferai ton corset. Louise, Louise ! Pour toi, j'ai voulu tout abandonner. J'étais parfois si las de la politique, du pouvoir, de tout ce qui m'entourait à Paris, qu'il n'eût pas fallu qu'un nouvel Hégésias me fît un long sermon sur les misères de la vie humaine pour me déterminer à me laisser mourir de faim. Je n'aspirais plus qu'à passer de longs moments avec toi, dans l'air vif de Sèvres, de Choisy, d'Arcis, heureux comme le patriote satisfait d'avoir planté l'arbre de la Liberté et qui s'en va, loin des orages politiques, se reposer sous son ombrage. Arcis... J'y ai vécu mes premières années, tantôt à gambader dans la glèbe, dans les bois, dans les champs, tantôt à barboter dans l'Aube. J'y ai surtout fait l'école buissonnière : je n'avais pas de père pour me rappeler à l'ordre. Peut-être était-ce mieux ainsi. Eût-il vécu, mon père se fût couché sur moi de tout son long et m'eût écrasé. Par chance, je n'avais pas trois ans quand il est mort. Alors, j'ai pu m'amuser...

Puis ce fut le petit séminaire de Troyes, la pension chez les Oratoriens, les premières lectures – Rabelais, Montaigne, Molière. Puis Paris, le droit – comme Démosthène, comme Cicéron, comme feu mon père –, l'apprentissage de la procédure chez le procureur Vinot, la licence à

Reims, le retour à Paris, les parties de domino à l'hôtel de la Modestie, les livres, toujours – Voltaire, Rousseau, Ovide, Beccaria –, et la charge d'avocat aux conseils. 1789, la Révolution éclate : je m'y suis lancé comme dans un champ où je pourrais moissonner à mon aise. Je ne pensais pas, alors, qu'avec la moisson ce sont nos têtes qui finiraient par être fauchées. J'ai envie de pleurer. Danton, point de faiblesse ! Je ravale mes larmes. L'échafaud nous attend.

C'est à Disderiscksen, le valet des Frey, que revient l'insigne honneur d'éternuer dans le sac en premier. Sanson fait ça rapidement : claquement de la planche à bascule, fermeture de la lunette, et la tête qui tombe au fond du panier. *Clic ! Clac ! Boum !* Il faut dire qu'il commence à en avoir l'habitude, le barbier national, l'exécuteur des hautes œuvres, depuis que la Constituante a décrété que tout condamné à mort aurait la tête tranchée. Fini la hache pour les nobles et la potence pour les pauvres ! Tout le monde la tête dans le même panier !

Par milliers fusent les : « Vive la République ! » Mais comprennent-ils que cette République qu'ils célèbrent, on va bientôt lui trancher la tête ? D'autres entonnent *La Marseillaise*. Savent-ils que la tyrannie qu'ils prétendent combattre est celle de Robespierre et de ses amis, que ce sont eux qui égorgent leurs fils et leurs compagnes, que le sang impur censé abreuver leurs sillons bouillonne dans les veines de Saint-Just, de Billaud, de Couthon ?

Suivent Delaunay, Bazire, les deux Frey, Guzmann, d'Espagnac, Chabot...

Clic ! Clac ! Boum !... Clic ! Clac ! Boum !... Clic ! Clac ! Boum !...

Puis vient le tour de Camille. Je le vois qui vacille. « Adieu », me dit-il. Et je prie pour qu'il ne pleure pas. Car s'il meurt aujourd'hui, avec moi, c'est moins pour les coups qu'il portait dans *Le Vieux Cordelier* que parce qu'il est resté mon ami. Contre Fouquier, son cousin. Contre Robespierre, son témoin de mariage. Camille, qui depuis plusieurs jours tient une mèche de Lucile entre ses mains, la donne au bourreau pour qu'il la remette à Madame Duplessis. Je tremble. Il meurt à trente-trois ans, l'âge du Christ. La lame va tomber. Le nom de Lucile résonne dans un silence déchirant.

Clic ! Clac ! Boum !

Fabre, Lacroix, Westermann, Philippeaux sont les suivants...

Clic ! Clac ! Boum !... Clic ! Clac ! Boum !... Clic ! Clac ! Boum !...

Il ne reste plus qu'Hérault et moi. C'est lui qu'on appelle. Il cherche quelqu'un à une fenêtre de l'ancien Garde-Meuble : une main de femme agite une dentelle, il sourit. Ultime consolation. Je serai donc le dernier à passer sur la planche. J'aurai vu couler le sang de mes amis, l'un après l'autre. Le jour va tomber, il faut faire vite. Hérault tente de m'embrasser. Un des aides du bourreau le pousse vers la bascule. L'imbécile ! Empêchera-t-il nos têtes de se baiser au fond du panier ?

Clic ! Clac ! Boum !

C'est mon tour. Sans attendre qu'on me le demande, je m'avance. Je regarde Sanson et lui dis : « Tu montreras ma tête au peuple. Elle en vaut la peine. »

Ils m'attachent. Ils m'allongent. Le silence est glacial. Un cheval hennit. Je ne vois plus que le fond du panier. Il paraît qu'on ne sent rien quand le couperet tombe. Un léger souffle d'air frais. Ma vie a été courte, mais belle. Je ne suis ni un saint ni un imposteur. Simplement un homme parmi les hommes. Je ne regrette rien. J'ai vécu.

Clic ! Clac !...

LE PLUS GRAND ESPRIT FRANÇAIS DU SIÈCLE DERNIER

— Et savez-vous, Monsieur, comment on meurt avec élégance ?

Je vous parlais tout à l'heure de la bravoure des Girondins face à l'échafaud, de leur éloquence pendant cet inoubliable banquet, de cette *Marseillaise* qui retentit place de la Révolution jusqu'à ce que le dernier d'entre eux eût le souffle coupé – et le sens de cette phrase, hélas, n'est pas au figuré. Si je devais qualifier leur mort par un seul adjectif, je l'ai dit tantôt et je le répète volontiers : elle fut courageuse. Et s'il fallait recommencer l'exercice pour la mort de celui qui fut incontestablement le plus grand esprit français du siècle dernier – inutile de prononcer son nom, vous savez de qui je parle, c'est le plus grand esprit français du siècle dernier ! – alors, d'emblée, un mot s'impose : Élégance.

Car l'élégance, justement, se passe de mots ; un geste suffit.

*

Quand il fut appelé à comparaître devant le tribunal révolutionnaire, le plus grand esprit français du siècle dernier n'était plus tout jeune ; il avait cinquante ans. Mais il semblait jouir d'une robuste constitution et – je n'aime pas me mettre à Sa place – sans doute le Très-Haut lui eût-Il prêté vie pendant une dizaine d'années supplémentaires si la parodie de justice des hommes n'était venue se substituer à la justice divine. Dix ans, Monsieur, dix ans ! Imaginez ce que le plus grand esprit français du siècle dernier eût accompli en dix ans ! Trois mille six cent cinquante jours consacrés à la science ! Quatre-vingt-sept mille six cents heures vouées au progrès, à la connaissance !

Un alambic, une balance, une décennie, et le plus grand esprit français du siècle dernier eût certainement découvert :

— l'électrolyse de l'eau avant Carlisle et Nicholson,

— la description du daltonisme avant Young et Dalton,

— la loi d'Avogadro avant Avogadro.

Ô Monsieur, combien la République se fût honorée en laissant la vie sauve à cet homme qui n'avait commis d'autre crime que de naître noble, d'être devenu riche, et d'avoir employé chaque seconde de son existence au progrès des sciences ! Mais la République, Monsieur, la République n'avait... Non ! Laissez-moi jouir quelques instants du silence... Laissez-moi savourer cette quiétude qu'une parole malheureuse – que dis-je ? criminelle ! – prononcée par le président du tribunal, maudit soit-il !, viendrait rompre sur-le-champ !

Mais aussi :

— la synthèse du camphre,

— celle de la cinchonine et de l'ouabaïne,

— l'isolation des alcalins et des alcalino-terreux par hydrolyse de NaOH et KOH.

Il ne lui restait plus que quelques jours à vivre quand je fis sa connaissance. Il m'adressa la parole, à moi, garde-suisse devenu gardien de prison pour sauver mon sauveur, il me donna du « Monsieur » comme si j'étais un important, il me remit une lettre et me pria de la remettre à mon tour à l'un de ses parents. Je l'ai lue, relue, encore et encore, de telle sorte que chaque mot, du premier au dernier, est demeuré gravé dans mon esprit :

> J'ai obtenu une carrière passablement longue, surtout fort heureuse, et je crois que ma mémoire sera accompagnée de quelques regrets, peut-être de quelque gloire. Qu'aurais-je pu désirer de plus ? Les événements dans lesquels je me trouve enveloppé vont probablement m'éviter les inconvénients de la vieillesse. Je mourrai tout entier, c'est encore un avantage que je dois compter au nombre de ceux dont j'ai joui. Si j'éprouve quelques sentiments pénibles, c'est de n'avoir pas fait plus pour ma famille ; c'est d'être dénué de tout et de ne pouvoir lui donner ni à

elle ni à vous aucun gage de mon attachement et de ma reconnaissance.

Il est donc vrai que l'exercice de toutes les vertus sociales, des services importants rendus à la patrie, une carrière utilement employée pour le progrès des arts et des connaissances humaines ne suffisent pas pour préserver d'une fin sinistre et pour éviter de périr en coupable !

Je vous écris aujourd'hui, parce que demain il ne me serait peut-être plus permis de le faire, et que c'est une double consolation pour moi de m'occuper de vous et des personnes qui me sont chères dans ces derniers moments. Ne m'oubliez pas auprès de ceux qui s'intéressent à moi, que cette lettre leur soit commune. C'est vraisemblablement la dernière que je vous écrirai.

Hélas ! Il disait vrai. Car bien souvent, ce n'est pas *un* jugement que rendait le tribunal révolutionnaire, mais *le* jugement, l'ultime jugement, celui qui devait décider si l'on allait vivre – rarement – ou mourir. Oui, c'est bien de cela qu'il s'agissait, le jugement que rendait le tribunal révolutionnaire n'était rien d'autre que le jugement dernier. Ce jugement dont la République s'honorait, car la République, justement, la République n'avait... – Non, Monsieur, il est encore trop tôt pour le dire ! Faites grâce au vieil homme qui renâcle à répéter ces paroles impies !

Et encore :

— comment domestiquer l'interaction de particules chargées sous l'action de la force électromagnétique,

— un vaccin prophylactique contre la rage, la peste et la fièvre typhoïde,

— un moyen de transport aérien qu'il eût appelé l'avion (?)

Rien ne se perd, rien ne se crée, tout se transforme, avait dit le plus grand esprit français du siècle dernier. Pourtant, en sacrifiant le plus grand esprit français du siècle dernier, la République avait perdu un génie, créé un marasme et transformé la face du monde à jamais. C'était le plus grand esprit français du siècle dernier, tout de même ! Lagrange ne s'y trompa guère, qui plus tard dit à Delambre : « Il ne leur a fallu qu'un moment pour faire tomber cette tête. Cent années, peut-être, ne suffiront pas pour en reproduire une semblable. »

Car cette tête, Monsieur, cette tête était aussi pleine que celles de ses juges étaient vides. Cette tête, Monsieur, cette tête avait – pêle-mêle non exhaustif :

— échafaudé une théorie de formation de la Terre,

— défini des règles précises de fabrication et de graduation des thermomètres,

— démontré que l'hydrogène, l'oxyde nitrique, le bioxyde de carbone et la vapeur d'eau, en passant de l'état liquide à celui de vapeur, libèrent des charges électriques mesurables à l'électromètre,

— établi que la transmutation de l'eau en terre, alors largement acceptée, n'était qu'un mythe,

— prouvé que la combustion ne consiste pas en une libération de phlogistique mais en une captation d'air s'accompagnant d'une augmentation de poids,

— réalisé l'analyse et la synthèse de l'eau,

— codifié la nouvelle méthode de nomenclature chimique,

— démontré que l'air atmosphérique est un mélange d'oxygène et d'azote et que l'eau est un corps composé, formé d'oxygène et d'hydrogène, remettant ainsi en cause la théorie des quatre éléments d'Aristote.

Dois-je continuer ? Faut-il vraiment que je dresse ici l'inventaire complet des découvertes du plus grand esprit français du siècle dernier, ou cette liste suffit-elle à prouver qu'il était bel et bien le plus grand esprit français du siècle dernier ?

Mais la République – Oh ! je tressaille encore à l'évocation des mots qui vont suivre, à peine croyables et qui furent pourtant proférés par le président du tribunal, cet imbécile sanguinaire dont, vous ne m'en voudrez pas, je n'ose prononcer le nom, ce nom qui demeurera de siècle en siècle objet d'injures et de mépris – la République, Monsieur –, il faudra donc répéter cette ineptie, ce crime contre l'esprit ! – la République *n'avait pas besoin de savants*. Et elle avait d'autant moins besoin du plus grand esprit français du siècle dernier qu'il était le plus savant parmi les savants.

Et le plus savant parmi les savants, après qu'il eut appris la sentence, ne demanda pas la grâce

– pensez-vous ! Vous l'imaginez, lui, se prosterner devant ses juges pour leur quémander la vie ? – mais un sursis, qu'on lui accorde seulement quelques jours, une quinzaine tout au plus, pour reprendre une expérience débutée avant la prison et qu'il lui tenait à cœur d'achever. Après quoi, c'est promis, il irait mourir, puisqu'il le fallait. Mais non, la République – décidément, je n'y arrive pas – n'avait pas besoin de savants, ni de chimistes, ni de philosophes, ni d'économistes, mais de victimes et d'un bourreau ; le cours de la justice ne pouvait être suspendu ! Il y avait urgence à guillotiner le plus grand esprit français du siècle dernier ! Il ne fallait pas perdre une minute ! Eût-il vécu une heure de plus et, c'est certain, la contre-révolution était faite, la Vendée triomphait, Pitt et Cobourg paradaient dans Paris, la République était anéantie ! Elle semblait dire au bourreau : vite, fais ton devoir, toi, le dépositaire du pouvoir de tuer, assassine légalement le plus grand esprit français – nous n'étions pas encore au siècle dernier –, car il en va du sort de la Révolution !

Vous l'avez compris, on refusa de lui accorder un sursis. Alors il retourna dans sa cellule, et reprit sa lecture en attendant le dépositaire du pouvoir de tuer.

*

Car depuis qu'on lui avait ôté sa liberté, le plus grand esprit français du siècle dernier passait son temps à lire, et semblait résigné à continuer ainsi jusqu'à ce qu'on lui ôtât enfin la vie.

À l'abbaye de Port-Royal, transformée en maison d'arrêt pendant la Révolution, il lisait. Dans l'hôtel des Fermes, reconverti en prison à l'usage des fermiers généraux, il lisait. Quand on vint le chercher à la Conciergerie, un quinquet fuligineux éclairait à peine la cellule assombrie, et le plus grand esprit français du siècle dernier, tapi dans la pénombre, lisait. Alors que croyez-vous qu'il fît sur la sinistre charrette ? Le plus souvent, les condamnés criaient, pleuraient, priaient, haranguaient le peuple ou le maudissaient. Le plus grand esprit français du siècle dernier ? Il lisait.

Étrangement, on ne lui avait pas lié les mains. Ultime faveur concédée par le bourreau ? Peut-être Sanson, fût-ce par respect, pitié ou admiration, s'était-il accommodé d'une entorse au règlement pour permettre à son hôte le plus prestigieux de terminer sa lecture. Il était donc écrit que le plus grand esprit français du siècle dernier, dont la vie avait été entièrement vouée au culte de l'esprit, devait poursuivre sa quête de savoir jusqu'au dernier soupir, jusqu'à l'ultime répit.

Devant l'échafaud, le plus grand esprit français du siècle dernier continua de lire jusqu'à ce que son nom fût appelé. Alors il sortit de sa poche un signet, le plaça à la page où il avait arrêté sa lecture et, sans prononcer une seule parole, posa sa tête sur le billot.

Voilà, Monsieur, comment on meurt avec élégance.

LANTENAC À LA CONCIERGERIE

(genèse de l'œuvre)

Cette histoire est vraie, puisque je l'ai inventée.

BORIS VIAN

Et vous ai-je dit, Monsieur, que j'ai connu Lantenac ? Comment ! Vous n'avez jamais entendu parler du marquis de Lantenac ? L'Histoire est bien étrange, mais elle a tous les droits : des génies sont oubliés, des imposteurs encensés. Lantenac n'était ni un génie ni un imposteur. Mais c'était un grand homme. Un de ceux à qui l'on donne volontiers du *Monsieur* en laissant traîner la première syllabe. Un de ceux dont on oublie difficilement le nom, encore plus difficilement le visage, et dont on se souvient, des années plus tard, jusqu'au timbre de la voix. La première fois que j'entendis la voix de Lantenac, cette voix âpre, vive, terrible, c'était le 15 prairial de l'an II. La veille, on avait fêté l'Être suprême au Champ-de-Mars ; bientôt, on immolerait son prophète place de la Révolution. J'étais gardien de prison, et Lantenac mon prisonnier. Je dis *mon* prisonnier car on m'avait affecté exclusivement à sa garde : quoi qu'il fît, où qu'il allât, je devais ne pas le perdre de vue un seul instant. On craignait qu'il ne s'évade, ou plutôt qu'on ne le fît évader, et j'avais pour consigne de l'occire avant qu'il pût respirer à nouveau l'air de la liberté. Ainsi passai-je sept jours et sept nuits l'espingole au poing, à vivre avec lui, comme lui. Voulez-vous entendre le récit de ces sept jours, de ces sept nuits ? Bien. Alors suivez-moi, Monsieur, suivez-moi en esprit dans la Conciergerie.

*

Écoutez les chevaux qui hennissent dans la chaleur de prairial, leurs sabots qui claquent sur le pavé du quai de l'Horloge, l'incessant clapotis des rames sur la Seine. Quittez le fleuve du regard, pivotez la tête à droite et levez les yeux au ciel. Vous voyez la tour crénelée, avec sa poivrière en ardoise ? C'est la tour Bonbec. Les prisonniers, sous l'ancien régime, y étaient soumis à la question. Et puis voici la tour d'Argent, la tour de César, la tour de l'Horloge. Tournez à droite, sur le boulevard du Palais, faites arrêter le carrosse dans l'angle nord de la cour du Mai, descendez-y en prenant garde de ne pas crotter vos bottes – vous êtes un gentilhomme –, fouillez vos poches, sortez-en le laissez-passer. Donnez-le au porte-clefs édenté, crânement campé devant le guichet, patientez pendant qu'il le lit et vous toise, le déchiffre et vous dévisage. Il vous fait signe d'entrer ? Courbez l'échine – d'autres se sont brisé le crâne contre la pièce de traverse – et faites un pas en avant. La porte, basse, étroite, presque enfoncée sous terre, se referme bruyamment, vous tressaillez en entendant le bruit du verrou. Voilà, vous y êtes. Ou presque. Encore quelques mètres. Passez devant le greffe, le bureau du concierge, la salle de toilette : vous êtes là en visite, on vous fait grâce de l'inscription sur le registre d'écrou, du rapiotage, de la coupe à la victime. Allez, n'ayez pas peur, entrez dans la *souricière*. Ça y est. Les cachots sont là, à droite, à gauche, il y en a partout. Vous sentez la puanteur, le renfermé, la crasse, la merde, le fumier, le souffle intact de la mort ? Inspirez un grand coup, si le cœur vous en dit. L'air est à vous, aux rats et aux vermines. Voyez ces cellules où les prisonniers sont cinq, parfois six ou sept, allongés sur des lits à sangle, dans le froid, l'humidité, l'obscurité la plus totale. Il est encore tôt, ils dorment. Leur sort vous rebute ? Ceux-là ne sont pourtant pas les plus à plaindre. Ils ont un lit et c'est un luxe qu'ils ont payé : la sacro-sainte égalité de la Révolution s'arrête aux portes des prisons. Les autres, les *pailleux* parce qu'ils dorment à même la paille, s'entassent par dizaines à même la paille, chient à même la paille, crèvent à même la paille, avec de la paille sous la langue et pas une obole pour Charon.

Mais vous n'êtes pas là pour un état des lieux. Alors descendez maintenant. Descendez dans la chapelle de la Conciergerie, là même où se tint le fameux banquet des Girondins. Vous y êtes? C'est bien. Regardez ce haut vieillard droit et robuste, adossé contre le mur, voyez sa figure sévère, ses cheveux blancs sur le front, l'éclair qui luit dans son regard. Cet homme, c'est Lantenac. Lantenac : les syllabes claquent, et on frémit. Le marquis de Lantenac, vicomte de Fontenay, prince en Bretagne, seigneur des Sept-Forêts, lieutenant général des armées du roi. Vous ne le connaissez pas et pourtant il fait partie de ces hommes qui ont écrit les plus belles pages de l'Histoire, là où les autres, tous les autres, ne laissent pas une seule ligne, ou s'ils en laissent une elle est insignifiante. L'Histoire de France se confond avec celle de la Vendée et l'histoire de la Vendée avec celle de Lantenac.

Au printemps de 1793, la Vendée avait de la poudre, il était temps qu'elle se trouve un chef, et un chef qui fût en même temps un procureur. La Vieuville avait raison : il fallait ennuyer l'ennemi, lui disputer le moulin, le buisson, le fossé, le caillou, lui faire de mauvaises querelles, tirer parti de tout, veiller à tout, massacrer beaucoup, faire des exemples, n'avoir ni sommeil ni pitié. Pour cela, on pouvait faire confiance à Lantenac. Il avait fait la guerre de Hanovre, et les soldats disaient : Richelieu en dessus, Lantenac en dessous; c'est Lantenac qui a été le vrai général. Il était impitoyable, il faisait brûler les villages, achever les blessés, massacrer les prisonniers, fusiller les femmes. Avec Lantenac à leur tête, c'était certain, les Blancs finiraient par triompher des Bleus. On sait ce qu'il advint.

Il débarqua sur la côte bretonne dans un simple canot après avoir réchappé au naufrage de la corvette *Claymore*. Il *vit* sonner le tocsin car il était hors la loi, et sa tête mise à prix, en or, pas en assignats. Son but était d'insurger tout, d'appuyer la Basse-Bretagne sur la Basse-Normandie, d'ouvrir la porte à Pitt, de donner un coup d'épaule à la grande armée vendéenne avec vingt mille Anglais et deux cent mille paysans. Mais face à lui se trouvait une armée envoyée de Paris, avec à sa tête un ci-devant que Lantenac ne connaissait que trop bien : son petit-neveu, le vicomte Gauvain. Ce n'était plus seulement l'affrontement des Blancs contre les Bleus, c'était celui du jeune contre le vieux, du petit-neveu patriote contre le grand-oncle royaliste. Lantenac faisait placarder des affiches : « Le marquis de Lantenac a l'honneur d'informer son petit-neveu, monsieur le vicomte Gauvin, que, si monsieur le marquis a la bonne fortune de se saisir de sa personne, il fera bellement arquebuser monsieur le vicomte. » Et Gauvain répliquait en une phrase : « Gauvain prévient Lantenac que s'il le prend il le fera fusiller. » Gauvain tenait la côte, repoussait Lantenac dans l'intérieur et les Anglais dans la mer. Même en plus petit nombre, il triomphait : à Dol, la déroute fut complète pour les six mille royalistes surpris par l'audace de quinze cents patriotes. De bataille en bataille, les Blancs se dispersèrent, et ils furent bientôt acculés, obligés de se cacher dans la forêt de Fougères et, de là, gagner la Tourgue, cette bastille de province où dix-neuf hommes dont Lantenac furent assiégés par l'armée de Gauvain. On sait comment ils s'enfuirent par une pierre qui tourne, laissant derrière eux la Tourgue en feu, comment Lantenac revint pour sauver trois enfants pris dans la fournaise, comment il fut arrêté après son acte héroïque, comment Gauvain, sacrifiant l'absolu révolutionnaire pour l'absolu humain, le délivra, se substitua à lui dans le cachot, fut guillotiné pour cela ; et l'on sait comment, le lendemain, Lantenac et les quelques hommes qui lui étaient restés fidèles furent capturés dans une clairière, ramenés sous escorte à Paris, condamnés à mort puis transférés à la Conciergerie. Je ne vais pas m'étendre là-dessus : depuis un demi-siècle, les historiens en font leurs choux gras. Tout cela est connu.

Voyez Lantenac, écoutez-le parler au jeune homme assis à sa droite : il s'appelle Halmalo, il a environ trente ans. Il a été paysan, faux saulnier, marin. Il a voulu tuer le marquis après qu'il eut décoré son frère de la croix de Saint-Louis parce qu'il avait été courageux puis fait fusiller parce qu'il avait manqué à son devoir. Il a voulu le tuer, mais il ne l'a pas fait, parce qu'il croit en Dieu, notre Père qui est au ciel, et parce qu'il croit qu'on doit obéissance à Dieu, et puis au roi qui est comme Dieu, et puis au seigneur qui est comme le roi. Or Lantenac était son seigneur, son maître. En perdant l'âme du marquis, il aurait perdu la sienne. Tuer Lantenac, c'était être pour les régicides contre le trône, pour les impies contre l'Église. Il n'avait pu s'y résoudre, alors il s'est battu à ses côtés, et c'est ensemble qu'ils se sont fait prendre, ensemble qu'ils ont comparu devant le tribunal révolutionnaire, ensemble qu'ils ont été condamnés. Et c'est encore ensemble qu'ils attendent maintenant de comparaître devant le Juge éternel, le seul dont ils reconnaissent la légitimité.

Vous les entendez qui murmurent? Maintenant, tournez la tête. Et dans la pénombre, assis sur un tabouret, regardez le vieil homme de taille médiocre, effacé, avec sa houppelande *couleur de fumée d'enfer* et son chapeau à trois cornes, regardez-le qui les observe en silence. Vous le voyez? C'est bien. J'y reviendrai.

*

Outre Lantenac et Halmalo, il y avait à la Conciergerie une jeune fille belle, noble, impudente – en un mot : coupable. Son père, sa mère, son frère avaient été massacrés en septembre, quand le peuple, ivre de justice, d'eau-de-vie et de mort, s'avisa de nettoyer les prisons par le sang. La jeune fille, qui par miracle avait échappé à la purge, se cacha dans un grenier pendant près d'une année avant d'être attrapée, puis traduite devant trois Savonarole portant gravement chapeau à cocarde, manteau d'audience, ruban tricolore et lourde médaille d'argent, qui la tinrent coupable de conspirer contre la liberté. Depuis, elle semblait attendre docilement qu'on vînt la chercher bien qu'elle refusât l'idée de la mort. La chapelle dans laquelle était gardé Lantenac attenait à la *cour des femmes*, où les détenues, soucieuses de conserver une mise élégante, lavaient leur linge à la fontaine, y faisant même leur toilette après avoir passé la nuit sur un simple grabat. Aussi le marquis pouvait-il communiquer avec elles à travers les barreaux de sa fenêtre. C'est la jeune fille qui, de son propre chef, vint le trouver.

— J'ai dix-sept ans, lui dit-elle. Je n'ai commis d'autre crime que ma naissance. J'exige de vivre.

— Adressez-vous au bureau des requêtes, fit le marquis. Ils vous répondront dans les meilleurs délais.

— Vous vous gaussez de ma situation, monsieur ?

— En effet, mademoiselle. Dans l'état où nous sommes, seule la plaisanterie peut encore nous sauver. Cela dit, il y a peut-être un moyen pour vous de vivre.

— Je crains, monsieur, qu'il n'y ait guère d'échappatoire. On ne sort d'ici que pour aller à l'échafaud.

— La Révolution est terrible, mais au moins les séides de Robespierre n'ôtent pas la vie à qui va la donner.

— Vous voulez dire que... ?

— Je veux dire, mademoiselle, que la lame de la guillotine frappe tout le monde, fors les femmes enceintes.

— Or je ne le suis pas.

— Il ne tient qu'à vous de l'être.

— Monsieur, vous m'offensez. Je n'ai point d'époux, comment pourrais-je attendre un enfant ?

— Oh, vous savez, nul besoin de convoler en justes noces pour ces choses-là. Si les circonstances l'exigent, en cas d'impérieuse nécessité, il n'y a guère de honte à sacrifier sa vertu pour sauver sa vie.

— Monsieur !

— Qu'y a-t-il, mademoiselle ? Vous n'avez jamais connu les plaisirs de la chair ?

— J'ignore jusqu'à ses mécanismes.

— Alors je ne peux rien pour vous.

— Peut-être que...

— Oui ?

— Vous pourriez... *m'initier* ?

— Vous souhaitez que je... ?

— Oui.

— Non, mademoiselle.

— Promettez-moi d'y penser.

— Ma réponse est définitive.

— Alors je vais mourir.

Puis elle posa sa tête contre le rebord de la fenêtre et se mit à pleurer tandis que le marquis, du revers de la main, séchait les larmes qui naissaient sur sa joue. Un père consolant sa fille n'y eût pas mis plus de tendresse. Deux heures passèrent ainsi jusqu'à ce que la jeune fille se fût endormie. Quand elle se réveilla, elle trouva un Lantenac songeur.

— J'ai bien réfléchi, dit le marquis. Et je ne saurais accepter votre proposition car j'y perdrais mon honneur.

— L'honneur d'un homme vaut-il la vie d'une jeune fille ?

Il fit une pause, respira longuement et, désignant Halmalo, dit :

— Il y a là-bas un paysan qui s'est battu à mes côtés contre les Bleus, en Vendée. Il est jeune, beau, vigoureux. Je lui en ai parlé ; il a donné son accord. Il vous attendra demain soir. Pour le moment, retournez vous coucher.

Le vieil homme de la veille était là, avec ce silence fiévreux, cet enjouement sombre, ces manières tour à tour arrogantes et obliques. Il avait tout entendu. Qui était-il ? Que voulait-il ? Pourquoi diable lui avait-on donné un laissez-passer afin qu'il puisse entrer et sortir de la Conciergerie à sa guise ? Je ne tarderais pas à l'apprendre.

*

Le troisième jour au matin, la jeune fille vint à nouveau trouver Lantenac :

— Je n'ai pas fermé l'œil de la nuit, lui dit-elle.

— Moi non plus.

— Quand la chose pourra-t-elle se faire ?

— Il faut attendre que la nuit tombe et que tombe avec elle la vigilance des gardiens. Et puis il faudra soudoyer l'un d'entre eux, qu'il consente à ouvrir cette porte afin que vous puissiez nous rejoindre ici, dans cette chapelle.

Leur conversation ne m'avait pas échappé, Lantenac le savait. Il était nécessaire, pour la réussite de leur entreprise, que j'acceptasse de donner un tour de clef. Aussi le marquis me chercha du regard et, d'un signe de tête, je lui fis part de mon consentement implicite. J'avais pour consigne de surveiller un vieil homme privé de sa liberté, pas d'empêcher une jeune fille de recouvrer la sienne.

Rendez-vous fut donc pris pour le soir, quand les gardiens somnoleraient et que, seul, je resterais avec les prisonniers. Dans l'attente d'un événement comme celui qu'allait vivre la jeune fille, les minutes semblent des heures et les heures s'étirent à l'infini. Toute la journée, je la vis qui piaffait, tournait en rond, portait la main à sa poitrine comme si elle eût voulu mesurer le temps aux battements de son cœur. J'étais moi-même troublé et me donnai du courage en vidant la moitié d'une bouteille de vin.

Quand la nuit fut tombée, Halmalo était prêt, et la jeune fille aussi. Elle frappa à la porte, je lui ouvris. Vêtue d'un caraco en toile de Jouy, elle rejoignit directement la couche d'Halmalo, s'allongea sur le dos, prit appui sur ses jambes pour relever son bassin et se débarrasser, d'un geste brusque, presque enfantin, des oripeaux de la pudeur. Puis elle ferma les yeux et se laissa faire. Le marquis lui serrait la main comme on serre la main d'un mourant; Halmalo, le regard exalté, l'émotion dans ses braies, s'enfonça d'un coup brusque, arrachant un cri à la jeune fille qui souffrait mais se laissait faire de bonne grâce, car c'était là, par ce con encore vierge que pendant des années elle avait préservé, réservé pour un autre, un autre qu'elle eût voulu jeune et beau comme ce paysan qui la troussait aujourd'hui, mais qu'elle eût souhaité noble et non roturier, seigneur plutôt que serf, maître et non serviteur – or en ces temps agités on n'avait pas toujours le choix, on n'était plus maître de rien, ni de ses rêves ni de son destin, et son destin à elle passait par ce trou béant dans lequel elle consentait que s'enfonce un jeune et beau paysan, car c'était là son unique planche de salut.

Le jeune et beau paysan retrouvait la fureur de sa caste. Pas plus qu'on ne lui avait appris à lire, on ne lui avait appris les délices de l'amour, les vertus de la tendresse. Il savait choquer une écoute, étarquer un cordage, manier la faux, la bêche et la houe, la faucille et le fléau; c'est tout. Les gourgandines qui l'avaient initié à la chose dans la forêt de Paimpont, pleine de ravines et de ruisseaux, il les avait foutues à la va-vite, contre un arbre, le visage tordu par un méchant sourire, le chaperon sur la tête et les braies baissées jusqu'aux genoux.

Il ne savait pas faire autrement, il ne pouvait

concevoir que la chose pût se faire autrement, fût-ce dans l'antichambre de la guillotine où le sang se mêlait aux poils de la jeune fille qu'il tenait d'une main par la taille, tandis que de l'autre il étouffait ses cris de douleur. Cinq minutes passèrent et ce furent, pour elle comme pour lui, les cinq minutes les plus longues de leur vie. Quand il eut fini, Halmalo poussa un râle ; et il y avait dans ce râle des siècles de colère et d'amertume, de servitude et d'humiliation.

C'est ainsi et pas autrement, sur un lit de paille pleine de vermine éclairé par le flambeau d'un gardien aviné, qu'un paysan breton immola le pucelage d'une jeune fille noble de naissance et de cœur également.

Le vieil homme à la houppelande et au chapeau à trois cornes avait assisté à la scène. Il était là depuis le début du jour. Il ressemblait au cordonnier Simon, bourreau et bouffon du petit Louis XVII au Temple. Mais ce n'était pas le cordonnier Simon.

*

Le stratagème lui sauva la vie : la jeune fille se déclara grosse, on l'examina, son exécution fut repoussée et elle recouvra la liberté après Thermidor. Après quoi elle émigra à Coblence où elle s'empressa d'épouser un noble afin que l'honneur fût sauf quand elle donnerait naissance à l'enfant.

La jeune fille de jadis est aujourd'hui une

vieille dame qui vit à Paris où elle tient un salon très prisé, et son fils, riche banquier qui s'enorgueillit du sang bleu coulant dans ses veines, ignore ou feint d'ignorer qu'il n'est qu'un bâtard issu du râle d'un paysan illettré. Je l'ai rencontré lors d'un bal donné par le comte de Morcef en juillet dernier. Permettez, Monsieur, que je fasse un aparté dans mon récit pour vous conter un épisode pour le moins cocasse qui eut lieu lors de ce bal auquel la comtesse, que je m'honore de compter au nombre de mes amis, m'avait plaisamment convié.

Il y avait du beau monde ce soir-là : outre le comte envers qui j'ai bien du mal à cacher mon aversion, et la comtesse, dont la beauté n'a d'égal que l'esprit, étaient présents le baron Danglars et Madame la baronne, parée de ses plus beaux atours ; Villefort, le procureur du roi, sa femme et leur fille que courtise M. Maximilien Morrel, capitaine aux spahis ; un savant dont j'ai oublié le nom, qui était chevalier de la Légion d'honneur et que l'on nomma officier après qu'il eut découvert, dans la campagne de Rome, un lézard qui a une vertèbre de plus que les autres ; un académicien cacochyme affublé de l'habit bleu brodé de vert dessiné jadis par David ; ce comte richissime dont le Tout-Paris raffole et que Madame de Morcef ne perdait pas du regard ; et bien d'autres invités parmi lesquels se trouvait l'homme infatué de lui-même qui se brûlerait volontiers la cervelle s'il apprenait l'humble engeance dont il est le produit.

Il venait de discuter affaires avec le comte – pas notre hôte du soir, mais l'autre, celui qui porte le nom d'un rocher situé entre l'île d'Elbe et l'isola del Giglio – et semblait encore sous le charme de son teint mat, de ses cheveux noirs ondés, de son visage calme et pur, de son œil profond et mélancolique, quand il s'adressa à moi :

— Monsieur, me dit-il, je n'ai pas l'honneur de vous connaître.

— Moi, je sais qui vous êtes.

— Vraiment ?

— J'ai rencontré votre mère, à Paris, pendant la Révolution.

— Ma mère était à Coblence pendant les funestes événements.

— Elle partit pour Coblence après avoir quitté Paris.

— Soit.

— Et puis-je savoir, monsieur, dans quelles circonstances vous l'avez rencontrée ?

— En prison.

Alors, en baissant la voix :

— Je vous saurais gré, monsieur, de ne pas évoquer cet épisode que ma mère, d'ailleurs, a tout à fait oublié.

Sur quoi il me signifia que la conversation était terminée en me tendant prestement sa main gantée, comme le hobereau accorde un privilège au palefrenier. Je lui présentai mon moignon – foutu boulet de canon ! foutu Leipzig ! –, ce qui fit son effet. Surpris, peut-être dégoûté, il eut un mouvement de recul qu'il parvint difficilement à dissimuler :

— J'ai servi l'Empereur, avançai-je en guise d'explication.

— L'usurpateur, reprit-il en bon flagorneur de la monarchie de Juillet.

Cette fois-ci, c'était à mon tour de vouloir abréger :

— Pouvez-vous, Monsieur, transmettre mes respectueux hommages à Madame votre mère ?

— Qui dois-je annoncer ?

— Halmalo.

C'était cruel, c'était puéril, c'était indigne de mon grand âge. C'était jouissif. Je ne peux m'empêcher d'esquisser un sourire en pensant à la tête qu'a dû faire la vieille dame quand son fils, touchant dans sa naïveté, lui transmit les respectueux hommages d'un Monsieur Halmalo qu'il avait rencontré lors d'un bal chez les Morcef. Un empire, oui, j'aurais donné un empire pour me trouver dans son salon ce jour-là !

Mais revenons sur l'île de la Cité où, le quatrième jour, le vieil homme s'était à nouveau présenté. Arrivé avant l'aube, il s'était éclipsé à la tombée de la nuit. Je brûlais de connaître son nom, mais on m'avait défendu de lui adresser la parole, sous peine d'en être moi-même définitivement privé. L'homme étant un taiseux, je ne pouvais que formuler des hypothèses dont je faisais part à un autre gardien qui se soûlait comme un Prussien, à tel point qu'il lui arrivait parfois de ne plus se rappeler le prénom de sa femme et que, par conséquent, l'identité de notre hôte laissait indifférent – « ça m'en touche une, disait-il, sans faire bouger l'autre ! ».

Or s'il n'était pas le cordonnier Simon, qui était-il alors ? Le concierge Richard ? C'était inconcevable. Leurs traits se ressemblaient, c'est vrai, mais le vieil homme, justement, était bien plus vieux que le gouverneur à l'humeur versatile qui avait dû quitter les lieux après la conspiration de l'œillet. Et si on l'avait libéré depuis, il préférait se faire oublier, laissant son successeur s'occuper de *la maison*. Alors qui ? Brotteaux des Ilettes, ci-devant noble à qui la Révolution avait supprimé ses offices, ses rentes, son hôtel, ses terres, son nom, et qui, pour survivre, en était réduit à sculpter des pantins ? Ils avaient à peu près le même âge, ou plutôt la même silhouette sans âge, le même visage craintif, offensé. Et pourtant, le vieil homme ne pouvait être le citoyen Brotteaux : la guillotine l'avait déjà rappelé à Dieu, lui et son Lucrèce, comme elle avait rappelé le même jour le barnabite Longuemare et Athénaïs, la naïve fille de joie qui criait « Vive le roi ! ».

*

Le cinquième jour, l'angelus du soir n'avait pas encore sonné – les païens s'étaient empressés de fondre les cloches pour en faire des canons – quand un événement imprévu s'en vint rompre la cadence monotone des journées en prison. Lantenac lisait, Halmalo rêvait, et le vieil homme, toujours là, les observait en silence. Alors entra Évariste Gamelin, que je reconnus pour avoir déjà vu ses joues pâles, ses yeux sombres et ardents, ses cheveux noirs tombant à flots sur de larges épaules. Peintre raté, élève de David, précepte de Robespierre, Gamelin était juré au tribunal révolutionnaire depuis l'assassinat de Marat.

On ne répétera jamais assez combien il faut se méfier des artistes médiocres, des plumitifs besogneux, des Marsyas déchus, barbouilleurs vulgaires qui délaissent leur plume, leur lyre ou leur pinceau pour se mêler de la chose publique. Revêches et revanchards, ils bâtissent une œuvre sur des monceaux de cadavres, à l'encre ou à la peinture rouge, rouge sang. Tels étaient Billaud-Varenne, Carnot, Prieur, Couthon, Fabre, Collot; tel était Gamelin.

Gamelin avait peut-être trente ans. Sa place au tribunal, il la devait à Louise Masché de Rochemaure, une aristocrate qui semblait avoir adhéré aux principes nouveaux jusqu'à ce qu'on découvre, stupéfait, qu'elle entretenait une correspondance avec l'étranger. Élevant l'ingratitude à un degré encore inégalé, Gamelin vota sa mort, comme il vota, plus tard, celle de Lantenac. Mais ce n'est pas le chef de la Vendée qu'il était venu voir ce soir-là. S'il cherchait bien un vieil homme, ce vieil homme portait houppelande et chapeau à trois cornes.

— Ah, te voilà enfin citoyen peintre! Je te

cherche dans tout Paris depuis deux jours. On m'a dit que tu étais peut-être à la Conciergerie.

— On t'a bien informé. Que me veux-tu, citoyen ?

— Je m'appelle Évariste Gamelin et je suis juré au tribunal révolutionnaire.

— Je le sais. Tout le monde connaît les jurés du tribunal.

— J'ai été l'élève de David.

— Je le sais aussi. Tout le monde connaît les élèves de David.

— Justement. Il y a des semaines que je ne peins plus. Les activités du tribunal accaparent tout mon temps. Mais le jour est proche où la République triomphante montrera sa clémence et ce jour là – béni soit-il ! – je reprendrai mes pinceaux. Alors, bien sûr, ce jour n'est pas encore arrivé. L'heure est à la Terreur, salutaire : l'année passée, à pareille époque, la République était déchirée par les factions ; l'hydre du fédéralisme menaçait de la dévorer. Maintenant, l'unité jacobine étend sur l'empire sa force et sa sagesse. Mais pourquoi faut-il que l'audace des conspirateurs grandisse à mesure que la République croît en force et que les traîtres s'étudient à frapper dans l'ombre la patrie, alors qu'elle foudroie les ennemis qui l'attaquent à découvert ?

— Tu me cherches depuis deux jours pour me parler du salut de la République ?

— Non, je m'égare. Si je suis venu te trouver, c'est pour te parler de peinture.

Gamelin avait sur l'art des idées bien arrêtées : il prônait le retour à l'antique, à la simplicité, aux fresques d'Herculanum, aux bas-reliefs romains. Il haïssait le XVIIIe, avec ses idylles galantes, ses couleurs pastel, ses formes incurvées ; il poursuivait d'une haine inextinguible les dignes représentants de ce mouvement qui, selon lui, ne laissait nulle part la place à la nature et à la vérité : « La postérité, disait-il, méprisera leurs frivoles ouvrages. Dans cent ans, tous les tableaux de Watteau auront péri dans les greniers ; les étudiants en peinture recouvriront de leurs ébauches les toiles de Boucher. » Quant à Fragonard, ce misérable vieillard qu'il avait rencontré trottinant sous les arcades du Palais-Égalité, poudré, galant, frétillant, égrillard, hideux, il l'eût volontiers fait enfermer à double tour, ce qui, reconnaissons-le, n'eût pas manqué de sel pour le peintre du *Verrou*.

Pour dire vrai, un seul homme trouvait grâce aux yeux du peintre juré. Et c'est cet homme qu'il était venu voir à la Conciergerie ce soir-là.

— De peinture ?

— Oui. J'ai débuté un Oreste que sa sœur soulève sur son lit de douleur. Certaines parties sont à peu près terminées.

— Un Oreste ? En écho à mon *Électre* ?

— En effet. Me ferais-tu l'honneur, citoyen peintre, de passer chez moi pour me donner ton avis ? J'habite sur le côté du quai de l'Horloge.

— Peut-être, oui... Quand j'en aurai terminé ici...

— Justement, que fais-tu là, dans cette sinistre prison où s'entassent les traîtres à la Nation ?

— J'honore une commande.

— Une commande ?

— Du Comité de salut public.

— Que vas-tu peindre ?

— Un détenu.

— Un détenu ?

— Oui. Un détenu.

— Et peut-on savoir qui est assez terrible pour être peint par Corentin sur demande du Comité ?

Alors, pointant son doigt vers l'autre bout de la pièce, Corentin – puisque c'est de lui qu'il s'agissait, Monsieur, Corentin ! – désigna son modèle, et le modèle fit un pas en avant, jaillissant de la pénombre pour offrir son visage à la vue d'un Gamelin soudain blême.

— Lantenac ! murmura le juré pour lui-même.

— Monsieur le marquis de Lantenac, répondit le vieil homme qui avait l'ouïe fine et l'orgueil des princes.

— Ci-devant marquis, répliqua Gamelin qui reprenait ses esprits. Que fais-tu encore ici ? Sanson ne t'a pas encore raccourci comme ton roi et sa grue d'Autrichienne ?

— Je jure sur mon honneur et sur celui de l'enfant du Temple que si j'avais une épée entre les mains, je te percerais le ventre de part en part.

— Mais tu n'en as pas et c'est toi qui vas mourir sous la lame de la guillotine.

— C'est vrai. Je vais faire connaissance avec l'enfant illégitime que Robespierre a fait à la France. Quand on pense que rien de tout cela ne serait arrivé si l'on avait pendu Voltaire et mis Rousseau aux galères ! Ah ! Les gens d'esprit, quel fléau ! Faites-moi guillotiner, et sans attendre !

— Tu as raison : on a que trop attendu ! La secte du sans-culotte Jésus a duré près de dix-huit siècles ! Le culte de la liberté ne saurait plus être retardé ! Et Dieu nous garde du retour à la monarchie !

— Ne parlez pas de Dieu. Vous n'y entendez rien. Dieu souffre en ce moment. Dieu souffre dans son fils Très-Chrétien le roi de France qui est enfant comme l'enfant Jésus et qui est en prison dans la tour du Temple ; Dieu souffre dans son église de Bretagne ; Dieu souffre dans ses cathédrales insultées, dans ses Évangiles déchirés, dans ses maisons de prière violées ; Dieu souffre dans ses prêtres assassinés.

— Dieu ne souffre plus de ce que les hommes sont inégaux !

— C'est vrai. Les voilà égaux dans la misère. Regardez le peuple : il a faim mais se tait ; il se tait car il a peur. La Révolution n'a pas seulement renversé la monarchie ; elle a renversé la marmite.

— La disette dont nous souffrons est due aux accapareurs et aux agioteurs qui affament le peuple et s'entendent avec les ennemis du dehors pour rendre la République odieuse aux citoyens et détruire la liberté. Il faut taxer la farine et guillotiner quiconque spécule sur la nourriture, fomente l'insurrection ou pactise avec l'étranger !

— Guillotiner, guillotiner, guillotiner ! Vous n'avez que ce mot à la bouche !

— Car c'est par là que passe le salut de la République.

Sur quoi il salua Corentin et partit.

*

Ainsi ce vieil homme de taille médiocre, effacé, mais qui retenait l'attention par son silence fiévreux, son enjouement sombre, ses manières tour à tour arrogantes et obliques, ce vieil homme qui ressemblait au cordonnier Simon mais qui n'était pas le cordonnier Simon, pas plus qu'il n'était le concierge Richard ou le ci-devant Brotteaux des Ilettes, ce vieil homme habillé d'une houppelande *couleur de fumée d'enfer* et coiffé d'un chapeau à trois cornes n'était autre que François-Élie Corentin.

Corentin, le *Tiepolo de la Terreur* ! L'égal d'un Giotto, d'un Léonard, d'un Rembrandt ! Corentin, célèbre partout et partout célébré ! *Électre* ! *Les Sibylles* ! *Les Onze* !

Ah, Monsieur, il faut avoir vu *Électre*, il faut

avoir vu *Les Sibylles*, et il faut avoir vu, surtout, *Les Onze*, à côté duquel le *Marat assassiné* de David n'est qu'une petite toile caravagesque. Quatre mètres virgule trente sur trois, un peu moins de trois. Une Cène révolutionnaire, sans Christ ni Judas, mais avec le Comité de salut public au grand complet, les apôtres de la sainte guillotine – Billaud, Carnot, Prieur, Prieur, Couthon, Robespierre, Collot, Barère, Lindet, Saint-Just, Saint-André – en séance fraternelle.

François-Élie Corentin ! Il était venu chaque matin depuis cinq jours et pas une fois je ne l'avais reconnu ! Monsieur Jourdain disait de la prose ; et de la même manière qu'il disait de la prose, j'avais côtoyé un génie. Précisons à ma décharge que s'il venait d'achever *Les Onze*, Corentin n'était pas encore ce peintre immense, ce démiurge que d'aucuns considèrent aujourd'hui, plus que Watteau, Boucher ou Fragonard, comme le chef de file de l'école rococo ; quant à son *Lantenac*, ce chef-d'œuvre dont on a dit qu'il surpassait les portraits de Mona Lisa, de Cecilia Gallerani, de Baldassare Castiglione, il n'existait alors que dans l'esprit du peintre, et ne gisait pas encore, a fortiori, par cent mètres de fond. L'histoire est connue : en 1808 – ou peut-être était-ce l'année suivante ? Je ne sais plus... Je suis certain, en revanche, que c'était entre le Dos de Mayo et Essling, entre les *Mort aux Français* et la mort de Lannes, entre les larmes de Manuela Malasaña et celles de l'Empereur – entre 1808 et 1809, donc, Louis XVIII, alors comte de Provence, s'ennuyait à périr dans le comté de Buckingham où les événements que l'on sait l'avaient contraint à l'exil. Pour orner les murs du château de Hartwell qu'un baronnet anglais lui prêtait gracieusement, il acheta une dizaine de tableaux *royalistes* parmi lesquels se trouvait *Lantenac*. Le navire qui devait acheminer les toiles sombra entre Calais et Folkestone, et le chef-d'œuvre de Corentin fut perdu à jamais. Aussi *Les Onze* prirent la place qui leur est échue aujourd'hui dans le panthéon du Maître, et la cote du Maître, depuis, n'a eu cesse de grimper.

Mais quittons les fonds marins et, si vous le permettez, revenons sur l'île de la Cité, dans la chapelle de la Conciergerie où Lantenac posait pour Corentin, où *Lantenac à la Conciergerie* n'était encore qu'une toile blanche aux dimensions modestes, quarante-cinq centimètres sur quarante, que Corentin – qui, de même que Rembrandt n'était pas tout à fait Rembrandt avant *La Ronde de nuit*, n'était pas tout à fait Corentin, mais un vieux peintre réduit à l'indigence, obligé de travailler au Comité des arts sous les ordres de David – s'apprêtait à emplir de couleurs. Depuis cinq jours, il était donc arrivé chaque matin aux aurores, et chaque matin aux aurores avait débuté le même rituel immuable, protocole sacré : la houppelande et le chapeau dans un coin, Lantenac qui s'asseyait face à Corentin, et Corentin qui observait Lantenac lisant, parlant, mangeant, bref, s'adonnant à toutes ces choses auxquelles on s'adonne habituellement en prison. Pendant cinq jours, il avait étudié la physionomie du ci-devant marquis, roi déchu de Vendée, il avait scruté sa figure sévère, ses cheveux blancs, l'éclair qui luisait encore dans son regard ; il l'avait vu s'attendrir sur le sort d'une jeune fille promise à la mort, échafauder un plan qui devait lui sauver la vie, soutenir une conversation avec un des jurés qui l'avaient condamné ; il avait examiné chacun de ses gestes, considéré avec attention le moindre battement de ses cils, sondé son cœur endurci, exploré son âme endeuillée, fière, noble, meurtrie.

Et voilà que le sixième jour, après qu'il eut terminé ce minutieux travail d'observation, le vieux peintre allait immortaliser le vieux marquis, invoquer les mânes de l'inspiration et, enfin, achever sa création. Le septième jour, il se reposerait.

Le 21 prairial de l'an II, il était arrivé aux aurores, quand les poissonnières des Halles s'éveillaient à peine de leur sommeil de plomb, quand le bourreau dormait encore du sommeil du juste. Il avait posé sa houppelande et son chapeau, il avait monté la toile encore blanche sur châssis, il l'avait tendue, clouée, il avait broyé les pigments en poudre avec le liant, préparé l'enduit à la céruse de ton clair, mélangé les couleurs sur sa palette – le blanc de plomb y côtoyait le jaune de Naples, le brun rouge, la laque carminée, la terre de Cassel et le noir d'ivoire ; le bleu de Prusse, l'outremer bleu – celui du lapis-lazuli – le cinabre et le vermillon. Nul croquis, nulle ébauche, nulle esquisse, il peindrait directement sur la toile encore blanche, *alla prima*, car *la peinture c'est de la peinture*. La peinture c'est de la peinture, mais la sienne, Monsieur, est un peu plus que cela. C'est la grâce, c'est le remède souverain, le havre de paix vers lequel nous soupirons, une goutte d'eau fraîche sur nos lèvres fiévreuses. Et le Roi des aulnes, Monsieur, pas celui de Goethe mais l'autre, celui qui n'est pas mais sera un jour, vous dirait certainement qu'à nos cœurs rendus malades par le temps, par l'érosion du temps, par la mort partout à l'œuvre, par la promesse inéluctable de l'anéantissement de tous ceux que nous aimons, la peinture de Corentin apporte un peu d'éternité. Un peu d'éternité, Monsieur, voilà ce qu'apporte la peinture de Corentin.

Combien d'hommes ont eu la chance d'assister à ce moment unique où le chef-d'œuvre qui n'est pas encore est sur le point de naître ? Car de même qu'il y eut un instant dans l'Histoire où il ne fallait pas toucher *La Joconde* parce qu'elle n'était pas encore sèche, il y eut un instant dans l'Histoire où *La Vendée abattue* – c'est l'autre nom du tableau, celui que voulait lui donner le Comité – n'était encore qu'une toile blanche, immaculée, que Corentin allait bientôt couvrir d'un blanc de marne, blanc d'Espagne pour la chemise de Lantenac, d'un vert émeraude pour ses yeux d'où jaillissaient les éclairs, d'anthracite et de bistre pour les murs de la prison, et par-delà les barreaux d'un bleu céruléen pour le ciel qu'il eût voulu céleste, mais qu'il fit bleu de cobalt, celui que l'on trouva jadis dans les mines de Bohême, ce bleu violacé, impérial, infernal, divin. J'ai vécu ce moment.

J'ai assisté à la naissance des formes, à l'association des couleurs et je m'étonnais, Monsieur, que l'on pût faire une chose si belle à partir de si peu – une toile, un pinceau, du génie. J'ai assisté à la grâce, Monsieur, à la grâce en action – cette faveur accordée par Dieu à quelques *happy few*, une demi-douzaine par siècle, et c'est tout.

Quand le soleil se coucha, le tableau était terminé : il était sublime ; il était tragique. Sublime, on le sait ; tragique car Lantenac avait été condamné à mort et je m'étonnais qu'il ne le fût pas encore. Or je réalisai avec effroi que si le tribunal, d'ordinaire si prompt à obtenir l'exécution de ses jugements, avait accepté de surseoir à celle du marquis, c'était uniquement pour laisser le temps au peintre d'honorer la commande. En donnant son ultime coup de pinceau, Corentin avait apposé sans le savoir – ou peut-être le savait-il ? – son contreseing au paraphe de Fouquier, scellant ainsi une fois pour toutes le sort du chef de la Vendée.

Il était tard maintenant ; Paris allait se coucher. Le peintre remit sa houppelande et son chapeau à trois cornes, salua Lantenac et partit sa toile sous le bras comme il était arrivé – en silence. Et Lantenac se mit à rire, d'abord doucement, puis de plus en plus fort, d'un rire terrible, convulsif, jailli du tréfonds de son âme.

— Où puisez-vous la force de rire au bord de l'abîme ? lui demandai-je, bravant l'interdiction qu'on m'avait faite de ne jamais lui parler. Demain, vous allez mourir et tout sera fini.

— Je vais mourir, dit le marquis. Mais tout ne fait que commencer : en commandant mon portrait à un génie, le Comité croit célébrer le triomphe de la Révolution sur la Vendée. Mais il ignore, monsieur, que par la grâce d'un simple pinceau, il me sort des limbes et me nimbe de gloire pour l'éternité.

CAÏN DE L'AN II

Mon très cher frère,

Les nuits sont longues quand on ne dort pas. Si vous étiez ici, avec moi, sans doute m'accableriez-vous de reproches : « De quoi te plains-tu, toi qui n'as pas encore été condamné à la nuit éternelle ? » Et tel un coup de fouet, ce tutoiement inopiné m'eût blessé jusque dans ma chair. C'est ainsi : la forme fait parfois plus de mal que le fond.

Eh bien, voyez-vous, cela peut paraître injuste, mais je répondrais sans doute que je vous envie. La vie, paraît-il, est un cadeau ; or il y a trop longtemps que je porte la mienne comme un fardeau.

Les nuits sont longues quand on ne dort pas et il y a des années que je ne dors plus. Le rituel est toujours le même, immuable : chaque soir, je me couche de bonne heure, en espérant que le sommeil boutera les Érinyes hors de ma chambre à défaut de ma vie. Mais bientôt elles me rattrapent, et j'entends leurs voix stridentes, perfides : « Caïn, qu'as-tu fait de ton frère ? » Alors je me réveille en nage, éponge mon front ridé par l'angoisse, allume une bougie, et la laisse se consumer pendant que, tapies dans l'ombre, elles attendent patiemment, prêtes à surgir de la nuit brune pour se faufiler à nouveau dans mon lit.

Puis la fatigue me gagne, je retourne me coucher et m'endors, sinon paisiblement, au moins en espérant qu'elles me laisseront quelques heures de répit. Hélas, à peine me suis-je lové dans les bras de Morphée qu'elles reviennent me poser la question, toujours la même, sur le même ton calme, monocorde : « Caïn, qu'as-tu fait de ton frère ? »

Qu'ai-je fait de vous, André ? Pourquoi ce rêve étrange et pénétrant, cette tête qu'on me reproche à tort de n'avoir pas sauvée, cette tête sanguinolente séparée de son tronc qui pourrit quelque part dans une fosse commune du cimetière de Picpus avec d'autres têtes séparées d'autres troncs qui se décomposent, ensemble, par centaines – celle de Roucher, bien sûr, celle, grave, austère, du vicomte de Beauharnais que Joséphine a jadis couverte de baisers, celles de nos amis les Trudaine, celles des Carmélites de Compiègne qui entonnaient des cantiques au pied de l'échafaud ? Pourquoi ce cortège de crânes aux orbites vides vient-il constamment peupler mes nuits, hanter mes rêves, les marquer tous deux du sceau de l'infamie ? Pourquoi, *Mon-*

sieur de Saint-André, comme vous appelait David du temps où vous étiez meilleurs amis, pourquoi n'y a-t-il rien qui puisse apaiser mon affliction ?

Comment en suis-je arrivé là ? La nuit est encore longue, avançons dans la genèse de mes tourments.

*

Constantinople. D'où vient que certaines villes, par la simple évocation de leur nom, révèlent tant de merveilles, recèlent tant de mystères, font naître l'impérieux désir d'y aller toutes voiles gonflées, à bride abattue s'il le faut ? De Constantinople, je ne me rappelle rien. J'avais à peine six mois quand nous quittâmes les rives du Bosphore pour celles de l'Aude. Mais le soleil, Sainte-Sophie, la Mosquée bleue, les *fondouks,* la Corne d'or où débarquaient chaque jour des navires en provenance de Mytilène, de Tripoli et de Crète, me sont aussi familiers que Notre-Dame et la Seine, le Pont-Neuf et la ci-devant place du Trône, aujourd'hui renversé, où votre tête est tombée. Constantinople, donc.

Car c'est là qu'une Grecque en son jeune printemps,
Belle, au lit d'un époux nourrisson de la France,
Nous fit naître français dans le sein de Byzance.

La France, nous la découvrîmes à Carcassonne. Vous souvenez-vous, André, de cette enfance heureuse, champêtre ? Nous construisions des chapelles, des bougies, vous furetiez partout pour vous emparer de morceaux en satin rouge et en faire une belle chasuble galonnée de papier doré... Puis ce fut Paris, le collège de Navarre, Virgile et Ovide, les vacances à Provins, dans le château des Trudaine, les séjours en Champagne, chez les Pange, où la Marne lente, en un long cercle d'îles, ombrage de bosquets l'herbe et les prés fertiles... Les corps des jeunes filles, celui de Camille surtout – vous aviez soin de prendre, utile stratagème, les fleurs que sur son sein vous aviez mises vous-même ; et sur ce sein, vos doigts égarés, palpitants, les cherchaient, les suivaient, et les ôtaient longtemps –, les théâtres et les cafés à la mode, les égarements d'une jeunesse forte et fougueuse – nous ne savions guère que nous livrer aux délices d'aimer, savourer à longs traits les muses, les plaisirs, et l'étude et la paix... L'armée, dans laquelle vous comme moi ne restâmes que quelque temps – nous étions faits pour brandir une plume, André, pas une épée ! –, les voyages que vous fîtes en Suisse, sur les traces de Rousseau, puis en Italie – vous étiez subjugué par la grâce des sculptures de Michel-Ange, la *Pietà* de la basilique Saint-Pierre vous arracha des larmes. Et les courtisanes, rappelez-vous, embrasaient votre sang :

Ô délices d'amour ! et toi, molle paresse,
Vous aurez donc usé mon oisive jeunesse !
Les belles sont partout. Pour chercher les beaux-arts,

Des Alpes vainement j'ai franchi les remparts ;
Rome d'amours en foule assiège mon asile...

Mais vous ne pouviez continuer ainsi plus longtemps, à contempler la vie sans vous soucier de ses contingences matérielles. La pension de notre père était devenue trop modeste pour vous entretenir et il vous fit comprendre, avec tact, qu'il serait de bon aloi que vous songeassiez à vous établir. M. de La Luzerne, ambassadeur à Londres, cherchait un secrétaire. Vous fîtes vos bagages.

Si la Tamise était calme, la Seine allait bientôt s'agiter. Très rapidement, tout s'enchaîna : l'ouverture des états généraux, le serment du Jeu de paume, l'apostrophe de Mirabeau – « Allez dire à ceux qui vous envoient que nous sommes ici par la volonté du peuple et que nous n'en sortirons que par la force des baïonnettes ! » –, le renvoi de Necker, la prise de la Bastille, l'abolition des privilèges... Depuis un millénaire, l'histoire de France était restée figée : les fils de roi devenaient rois, ceux des seigneurs devenaient seigneurs, ceux des domestiques et des vassaux, s'ils ne mouraient pas en bas âge, domestiques et vassaux. Et voilà qu'en à peine quelques mois, las de se courber sous le joug seigneurial vers un sol dont il ne goûtait pas les fruits, le peuple avait relevé la tête et découvert les vertus de l'égalité. Le mot existait depuis des siècles, mais des siècles de servage et de tyrannie l'avaient vidé de sa substance. C'était, pour nous qui n'avions pas trente ans, le début d'une aventure exaltante dans laquelle nous aurions tous deux un rôle à tenir.

En novembre 1789, je fis jouer mon *Charles IX* au Théâtre-Français. La pièce, qui vouait la mémoire de ce monstre à l'exécration publique, avait été jugée subversive par le censeur royal. On s'attendait à des heurts, à de violents affrontements, ce fut un concert de louanges. Vous souvenez-vous, André, des spectateurs scandant mon nom pendant qu'ils portaient Talma et Mademoiselle Vestris en triomphe ? Des larmes de fierté qui coulaient sur les joues de nos parents quand les habitués du Procope m'applaudissaient à tout rompre ? De Danton proclamant que « si *Figaro* avait tué la noblesse, *Charles IX* tuerait la royauté » ? De Desmoulins s'enthousiasmant : « Cette pièce-là avance plus nos affaires que les journées d'octobre » ? Bien des années ont passé. Et pourtant, lorsqu'il m'arrive d'y repenser, un frisson d'extase me parcourt l'échine et je regrette cette époque bénie : les rêves d'hier n'étaient pas encore les désillusions d'aujourd'hui.

Là-bas, en Angleterre, vous trépigniez d'impatience. La grande affaire se jouait sans vous, presque sous vos yeux, et vous ne pouviez souffrir de rester plus longtemps simple spectateur, à gratter du papier pour un traitement de misère. Vous fîtes votre retour en France, acquis aux idées de la Révolution.

Mais très vite, cette Révolution que vous aviez

appelée de vos vœux était devenue excessive à vos yeux. Il fallait agir, pensiez-vous, comme si elle était finie, car sinon elle ne finirait jamais. Vous le fîtes savoir, vous n'auriez pas dû : les Cassandres ne gagnent jamais rien à ce que leurs funestes prédictions soient connues.

*

C'est en parcourant la liste des victimes de la veille dans *Le Journal du soir* que, le 8 thermidor, j'appris votre exécution. Je fus saisi par l'effroi, restai longtemps figé le papier dans les mains, et me mis soudain à trembler. Je ne pouvais pas y croire, je ne voulais pas y croire, j'espérais de tout cœur que le rédacteur s'était trompé, qu'il s'agissait d'une terrible méprise, mais je dus bientôt me résoudre. De rage, je déchirai le journal.

Apprendre votre mort fut une souffrance ; l'annoncer à notre père un supplice. Il vous aimait tant, André. Si notre mère me vouait un amour inconditionnel, les faveurs de notre père vous étaient acquises entièrement. Vous étiez son fils chéri, André, son confident. Lui faire part de votre mort, c'était le faire mourir aussi.

L'Homme naît, meurt, et entre deux que fait-il ? Il parle. *Au commencement était le Verbe.* L'Homme a cru pouvoir approcher les cimes, défier Dieu, traiter d'égal à égal avec lui, le tutoyer. Dieu lui a fait payer son audace à Babel, et depuis, l'Homme n'a eu de cesse de vouloir se venger : puisque *le Verbe est en Dieu,* puisque *le Verbe est Dieu,* c'est par la force du Verbe que l'Homme se hisserait à la hauteur de Dieu, et c'est par la force du Verbe qu'il retrouverait ce moment unique, entre Cicéron et Marc Aurèle, où les dieux n'étant plus et le Christ pas encore, l'Homme seul a été. Depuis, il bavarde, palabre, pérore, noie le monde sous un flot de paroles. Lui aussi veut son Déluge, et c'est un déluge de mots.

Il passe donc sa vie à se réfugier dans les mots, à s'y blottir, parfois même à s'y empêtrer – pour dire quoi ? Rien, le plus souvent. Potins, verbiages, cancans. Et voilà que lorsqu'il a enfin quelque chose à dire, lorsque les mots, d'ordinaire vides de sens, serviteurs dociles, ne sont plus là pour eux-mêmes mais qu'ils viennent au secours de sa pensée, voilà qu'ils ne daignent plus sortir de sa bouche. C'est ce qui m'est arrivé ce soir-là.

Pour la première et peut-être pour la seule fois de ma vie, les mots me manquèrent. J'avais beau rassembler mon courage, je ne pus prononcer qu'une seule parole. Comme si un euphémisme pouvait atténuer la douleur, je murmurai simplement :

— André vient de paraître au tribunal.

Le visage de notre père se décomposa.

— Eh bien ?

Je gardai le silence. Les larmes me vinrent aux yeux. Il comprit.

Il y a pire que de voir quelqu'un pleurer : voir

pleurer son père. Il se couvrit le visage des deux mains et dit :

— Les scélérats ! Ils m'avaient promis ! Ils m'avaient promis !

Que lui avait-on promis ? Qui ? Quand ? En quelle circonstance ? Soudain, je retrouvai l'usage de la parole et le pressai de questions.

Quand la source de ses larmes fut tarie, il bredouilla d'une voix chevrotante :

— Je ne pouvais pas voir André à Saint-Lazare, je... je n'avais pas l'autorisation... Alors je suis allé trouver Barère pour... pour le prier d'intervenir en sa faveur. Il m'a longuement écouté et m'a assuré qu'André sortirait dans trois jours.

— Quand, père ? Quand êtes-vous allé voir Barère ? lui demandai-je en le secouant par les épaules.

Il baissa la tête, comme un enfant pris en faute :

— Il y a trois jours.

Je l'accablai de reproches : combien de fois lui avais-je dit que solliciter le Comité de salut public pour obtenir votre libération était le moyen le plus sûr de vous précipiter sur l'échafaud ? Combien de fois lui avais-je répété que dans les tremblements de terre, il faut savoir rester immobile, que pour avoir une chance de vous voir sortir, il fallait garder profil bas, prier que votre dossier demeurât en dessous de la pile, que des temps meilleurs finiraient par arranger les choses ?

Le pauvre homme avait cru bien faire et maintenant il se sentait coupable de votre mort. Il implora ma grâce. J'étais moi-même trop accablé pour ne point la lui accorder. Je le serrai dans mes bras, et nous restâmes longtemps enlacés, confondant nos sanglots jusqu'au milieu de la nuit.

Le lendemain, j'allai trouver un des aides du bourreau que je connaissais un peu et qui accepta, moyennant quelques assignats, de me conter vos derniers instants. Il me dit que sur la charrette, Roucher vous récita un quatrain composé pour sa femme, ses enfants, ses amis, pendant que, dans sa cellule, un compagnon d'infortune achevait son portrait : « Ne vous étonnez pas, objets sacrés et doux, si quelqu'air de tristesse obscurcit mon visage. Quand un savant crayon dessinait cette image, j'attendais l'échafaud et je pensais à vous » ; il me dit qu'en retour vous déclamâtes des vers d'Andromaque : « Oui, puisque je retrouve un ami si fidèle, ma fortune va prendre une face nouvelle... » que Roucher complétait : « ... et déjà son courroux semble s'être adouci, depuis qu'elle a pris soin de nous rejoindre ici... » Ainsi donc vous seriez mort comme vous avez vécu : en poète. Simple légende ou sublime réalité ? Qu'importe, je préfère la légende. Il me dit enfin – et cela je le tiens pour vrai, plusieurs personnes me l'ont confirmé depuis – que sur l'échafaud, vous prononçâtes, en frappant votre front contre la poutre de la guillotine, ce mot resté célèbre : « C'est dommage, il y avait quelque chose, là. »

Vous aviez raison. Il y avait quelque chose et ce quelque chose s'appelait du *génie.* C'est à tort et à travers que le terme est employé aujourd'hui : un écrivaillon se pique de littérature, il fait quelques vers ou monte une pièce, obtient un petit succès, et bientôt on accole à son nom les cinq lettres g-é-n-i-e, brevet si facilement accordé que le mot tout entier s'en trouve déprécié. Pourtant je n'ai pas peur de le dire, je peux même le marteler : mon frère, sachez que vous aviez du génie.

Quarante-huit heures après votre exécution, ce fut au tour de Robespierre de faire connaissance avec la pesante masse de fer. La plupart des détenus furent libérés : la Terreur n'était plus à l'ordre du jour. Vous fîtes donc partie, avec quelques autres, des dernières charrettes, des ultimes fournées.

À l'instant même où notre père apprit votre mort, il cessa de vivre. Pendant près de dix mois, il se traîna comme une ombre, et bientôt l'ombre fut de retour chez elle, parmi les ténèbres. Je sus ce jour là qu'on peut mourir de chagrin.

Vos manuscrits passèrent à Constantin-Xavier, qui n'en fit rien et me les laissa volontiers. C'était un fatras d'ébauches, d'esquisses, de fragments. Une masse de feuillets disparates que j'hésitai à livrer aux flammes. Je décidai tout de même d'y jeter un œil. Ce fut un éblouissement.

Madame de Staël m'a dit un jour : « Vous êtes, Marie-Joseph, un homme d'esprit et d'imagination comme j'en ai très peu rencontré. Mais votre amour-propre domine tellement votre talent, qu'au lieu de travailler à vous perfectionner, vous préférez vous étonner de vous-même. » Le compliment était à double tranchant. Elle n'avait pas tort. J'ai toujours été dans l'emphase, la boursouflure, la déclamation. Ce n'était pas votre cas, André : vous avez porté la langue à un degré de perfection encore inégalé, à un point d'incandescence absolu.

Je me pâmais devant la grâce exquise de vos bucoliques, de vos élégies, de vos vers imités de l'antique. Je ne peux m'empêcher, quand je suis seul, la nuit le plus souvent, de les réciter à voix basse :

Magellan, fils du Tage, et Drake et Bougainville
Et l'Anglais dont Neptune aux plus lointains climats
Reconnaissait la voile et respectait les pas.

Ou encore :

Ainsi le jeune amant, seul, loin de ses délices,
S'assied sous un mélèze au bord des précipices,
Et là, revoit la lettre où, dans un doux ennui,
Sa belle amante pleure et ne vit que pour lui.

Mais aussi :

Des lèvres d'une belle un seul mot échappé
Blesse d'une trace profonde
Le cœur d'un malheureux qui ne voit qu'elle au monde.

Et puis il y a ceux que vous écrivîtes dans les

jours, dans les heures peut-être, précédant votre rendez-vous avec le bourreau. Est-ce parce qu'ils sont les plus tragiques qu'ils me semblent les plus beaux ?

Comme un dernier rayon, comme un dernier zéphyr
Animent la fin d'un beau jour,
Au pied de l'échafaud j'essaye encor ma lyre.
Peut-être est-ce bientôt mon tour.

Ces vers, vous les avez écrits en prison, sur un carnet de vélin imbibé de larmes caché dans le linge que vous faisiez passer à notre père avec la complaisance du gardien. C'est là-bas, à Saint-Lazare, que vous fîtes la rencontre d'Aimée de Coigny, ci-devant duchesse de Fleury. Elle était jeune, belle, insouciante : il n'en fallait pas plus pour qu'elle devînt votre muse. Pour elle, vous composâtes un poème sobrement intitulé *La Jeune Captive*, bien que *La Jeune Catin* eût été plus approprié. La moitié des gentilshommes de Paris lui était passée dessus, l'autre moitié attendait son tour. Mais enfin, elle n'était pas tout à fait dépourvue d'esprit. L'anecdote est connue : des années plus tard, à l'Empereur qui lui avait demandé en public si elle « aimait toujours autant les hommes », elle aurait répondu : « Oui, sire, surtout lorsqu'ils sont bien élevés. » Avez-vous trouvé du réconfort dans les bras de cette étrange créature qui cachait sa véritable nature de gourgandine sous des airs de femme du monde ? Je l'ignore. Mais je l'imagine volontiers batifoler en compagnie de butors n'entendant rien aux choses de l'esprit. Je l'imagine – et dois-je l'avouer? cela me réjouit – se moquant de vos vers, de ces vers que vous lui prêtiez, qui célèbrent sa jeunesse éternellement figée – car le temps, ce despote, ne flétrit pas les mots, et les vôtres, cher André, figurent parmi les plus beaux de la langue française – là-haut, tout là-haut, ils côtoient ceux de Corneille et de Du Bellay :

L'épi naissant mûrit de la faux respecté;
Sans crainte du pressoir, le pampre tout l'été
Boit les doux présents de l'aurore;
Et moi, comme lui belle, et jeune comme lui,
Quoi que l'heure présente ait de trouble et d'ennui,
Je ne veux point mourir encore.

La Jeune Captive fut publié dans la *Décade philosophique* du 20 nivôse an III. Comment parvint-il à son rédacteur en chef? Je l'ignore. J'imagine que la vile peccamineuse dont vous aviez immortalisé la jeunesse s'en était procuré une copie. Le succès fut tel que, dans les semaines qui suivirent, pas un jour ne se passa sans qu'on me priât d'exhumer les poèmes que je pouvais avoir en ma possession. Le plus souvent, j'éludais les requêtes, chassais les importuns, répondais à côté.

En privé, je fis lire quelques-uns de vos vers à mes amis – Fontanes, Joubert, Pauline de Beaumont, qui devait s'éteindre plus tard à Rome dans les bras de Chateaubriand. Tous vous couvraient de louanges, et le vicomte lui-même, dans son piètre *Génie du christianisme*, vous rendit un bel hommage : vous aviez, écrivit-il, un rare talent dans l'églogue, et l'on trouvait dans vos poèmes des choses dignes de Théocrite.

Ils me pressaient de les publier ; je n'en fis rien. Je ne voulais pas, disais-je pour me disculper, raviver la douleur de votre perte ; mais secrètement, j'avais peur que votre œuvre n'éclipsât la mienne, tout simplement. Sous le Consulat, j'envoyai quand même un de vos poèmes, une *Élégie dans le goût ancien*, au *Mercure de France*.

Pleurez, doux alcyons ! ô vous, oiseaux sacrés,
Oiseaux chers à Thétis, doux alcyons, pleurez !
Elle a vécu, Myrto, la jeune Tarentine !
Un vaisseau la portait aux bords de Camarine :
Là, l'hymen, les chansons, les flûtes, lentement,
Devaient la reconduire au seuil de son amant.

Je pris soin de le faire suivre d'une note dans laquelle j'expliquais que ces vers, vous les aviez laissés sans avoir eu le temps de les revoir, que s'ils manquaient trop souvent de correction et de pureté, on y trouvait plus d'une fois le goût antique et le talent du poète. Cette réserve me fut sévèrement reprochée par vos laudateurs. Votre poème, estimaient-ils, ne souffrait d'aucun défaut. Ils avaient sans doute raison, mais je fus si vexé que je décidai de ne plus jamais livrer au public le moindre de vos écrits. La gloire littéraire, c'était décidé, ne couronnerait qu'un seul Chénier.

Car pour moi, les choses n'allaient pas trop mal : comme vous le savez, dans le sillage du succès de mon *Charles IX*, j'écrivis d'autres pièces, devins le poète officiel de la Révolution, fus élu député à la Convention... Comme vous avez dû l'apprendre en prison, mon *Chant du départ*, composé pour la fête de l'Être suprême, connut une fortune que seule *La Marseillaise* ne pouvait lui envier. Vous n'avez pas pu savoir, en revanche, que je fus élu au Conseil des Cinq-Cents sous le Directoire, puis au Tribunat et à l'Académie sous le Consulat.

La politique et le théâtre accaparaient la plupart de mon temps, et les quelques heures qui me restaient, je les consacrais à la délicieuse Madame de Labouchardie, rencontrée rue Saint-Honoré où elle tirait de sa harpe des sons d'une blondeur merveilleuse. Elle était jeune, belle, délurée. Chaussée de cothurnes, elle laissait apparaître à ses doigts de pieds nus moult bagues enchâssées de diamants, et ne portait que des robes légères, diaphanes, *à la grecque*. Les mœurs eussent-elles continué à se déliter sous l'Empire, sans doute serait-elle vêtue d'une simple feuille de vigne aujourd'hui. Elle devint ma maîtresse, ma confidente, et même, quand Bonaparte se fit appeler Napoléon et que débuta ce qu'il faut appeler une disgrâce, ma bienfaitrice – pour apaiser les créanciers qui m'assaillaient de toutes parts, elle consentit à vendre ses bijoux. Elle m'a vu rire, pleurer, souffrir. C'est elle, je n'en doute pas, qui recevra bientôt mes derniers soupirs.

En somme, j'avais tout ce qu'un homme de lettres pouvait espérer : une femme qui sans être la mienne m'aimait passionnément, de l'argent et, il faut bien le dire, une carrière réussie. Le bonheur eût été complet sans ces foutues Érinyes.

*

Car c'est là, cher André, que l'histoire tourne au tragique : très vite après votre mort, on m'accusa de l'avoir provoquée par mon inertie. Pis, de l'avoir souhaitée. C'était faux, bien entendu. Nous avions beau être opposés sur la marche de la Révolution, je vous aimais, André, je vous aimais fraternellement. J'ai bien essayé de vous tirer d'affaire, mais les démarches que j'entrepris en douce furent de bien piètres échecs. Et puis, je l'ai déjà dit, attirer l'attention sur votre cas était le moyen le plus sûr de vous précipiter sur l'échafaud.

Léger, dont le patronyme s'accordait si bien à l'esprit, composa un médiocre poème dans lequel il imaginait votre réaction : *Vivant il fallait me défendre, non me pleurer après ma mort !* Michaud fit circuler ces vers : *Je sais que Chénier, fidèle à Melpomène, peut tuer ses héros ailleurs que sur la scène*; Fonvielle, Souriguière, Fantin, Crétot, Beaulieu, Langlois et jusqu'à Lézai, ce pédant jouvenceau qui n'était qu'un Roederer mais se croyait Rousseau, ne furent pas plus tendres avec moi. Mais le plus cruel d'entre tous, celui dont la saillie me toucha en plein cœur, fut ce sodomite de Rivarol : sous sa plume, dans sa bouche, je n'étais plus désigné que sous l'infamant sobriquet de *frère d'Abel Chénier*. Rome avait eu Romulus et Remus, l'Égypte Seth et Osiris, la Grèce Étéocle et Polynice. À chaque époque son Abel, à chaque pays son Caïn : dans la France post-an II, vous incarniez aux yeux de tous la figure de l'Abel, et moi, par antiphrase, celle du Caïn.

Seul Barère, dont je fus pourtant l'un des plus cruels ennemis, eut le courage de prendre ma défense. Il dit à qui voulait l'entendre qu'il m'avait vu pleurer amèrement votre mort et que, loin d'y avoir contribué, j'avais au contraire fait des démarches personnelles pour vous dérober au supplice. Mais la meute, elle, ne me lâchait pas. Elle était à mes basques, elle tenait sa proie. Je n'osais plus sortir. Je pensais même me brûler la cervelle, laver mon honneur par le sang. J'imaginais le coup de pistolet retentir comme un cri, le cri de mon innocence. Mais ce n'était pas dans ma nature d'abandonner. Je saisis ma plume et composai une *Épître sur la calomnie* :

Ô mon frère, je veux, relisant tes écrits,
Chanter l'hymne funèbre à tes mânes proscrits.
Là, souvent tu verras près de ton mausolée,
Tes frères gémissants, ta mère désolée,

Quelques amis des arts, un peu d'ombre et des fleurs,
Et ton jeune laurier grandira sous mes pleurs.

J'y déplorai votre mort – ce qui était vrai – et m'engageai à consacrer le reste de ma vie au culte de votre mémoire – ce qui l'était moins. J'en profitai par ailleurs pour régler leur compte à mes calomniateurs. À défaut du carcan qu'ils ont trop mérité, ils subiront dans mes vers leur immortalité. Mais le mal était fait : on m'avait attaché à la queue une poêle dont je ne devais jamais me débarrasser.

Aujourd'hui encore, alors que dix-sept ans ont passé, de beaux esprits trouvent le temps de m'attaquer sournoisement, de réveiller la bête immonde, de souffler sur les braises de la médisance pour rallumer le feu des plus viles accusations. Je n'y prête guère attention : la calomnie honore en croyant qu'elle outrage ; quant aux calomniateurs, s'il leur est permis d'écrire, j'attendrai qu'un décret me condamne à les lire.

La vérité, André, c'est que vous êtes mort par votre faute. Seulement par votre faute. Dès le départ, vous fûtes critique à l'égard de la Révolution, ou plutôt à l'égard du tournant qu'elle prenait. Votre *Avis au peuple français sur ses véritables ennemis* fut salué par le roi de Pologne qui vous envoya médailles et félicitations, pendant que Camille Desmoulins remarquait : « C'est l'ouvrage de je ne sais quel Chénier, qui n'est pas le Chénier de *Charles IX*. » Plus la Révolution était impitoyable, plus vous dénonciez ses excès : dans vos *Réflexions sur l'esprit de parti*, dans les *Autels de la peur*, dans le *Journal de Paris*... Vous devîntes un des polémistes les plus virulents. Sous votre plume, tout le monde, ou presque, y passait, à commencer par Carra, Brissot et Condorcet. En février 1792, nouveau pamphlet : *De la cause des désordres qui troublent la France*, dans lequel vous compariez les Jacobins aux Jésuites pour mieux les critiquer. Puis vous prîtes la défense du roi, dont je votai la mort, ce qui constitua, rappelez-vous, le point de rupture entre nous deux.

J'ai su également – les mouchards étaient partout – que vous avez aidé cet exalté que tout le monde tenait pour fou, ce Prussien au front large, aux yeux gris et au nez relevé, à composer son *Éloge de Charlotte Corday*. Pensait-il pouvoir nous berner, lui qui, deux semaines plus tôt, parlait le même français qu'un paysan illettré ? Allons, André, tout le monde se doutait que c'est à vous qu'il devait cette inspiration aussi divine qu'inattendue. Vous-même, de votre côté, aviez célébré l'assassin de Marat dans une Ode :

Je ne veux point t'honorer en silence,
Toi qui crus par ta mort ressusciter la France
Et dévouas tes jours à punir des forfaits.
Le glaive arma ton bras, fille grande et sublime,
Pour faire honte aux dieux, pour réparer leur crime,
Quand d'un homme à ce monstre ils donnèrent les traits.

Vous n'avez jamais écrit que sous la dictée de

votre conscience – ou, plutôt, de votre inconscience. Car il fallait être suicidaire pour honorer la mémoire de Corday quand la France pleurait encore les mânes de Marat ! Enfin, André, vous saviez pourtant qu'on se faisait guillotiner pour moins que ça ! J'ai vu une vieille femme enfermée à Sainte-Pélagie parce qu'elle avait loué Mirabeau après la découverte de l'armoire de fer, un gamin d'à peine seize ans se faire arrêter pour avoir dit dans un café, alors que Robespierre venait de débarrasser la République de la faction des indulgents, que Danton était un bon bougre qui valait mieux que ce buveur d'eau de Saint-Just ! J'ai vu sur l'échafaud une mère coupable d'avoir entretenu une correspondance avec son fils à l'étranger, un soldat mutilé qui avait réclamé du pain, un pauvre bougre qui avait appelé son chien *Citoyen* !

Nul ne devrait s'étonner, dès lors, que vous fussiez incarcéré à Saint-Lazare. Là-bas, vous auriez pu rester bien sage, vous y faire oublier. Mais vous ne pouviez vous résigner à mourir, ou plutôt, vous l'avez écrit, à mourir sans avoir vidé votre carquois, sans avoir percé, foulé et pétri dans leur fange les bourreaux barbouilleurs des lois. Barère demandait que l'on « purgeât les prisons pour déblayer le sol de la liberté de ces immondices, de ces rebuts de l'humanité » et vous, rétif aux menaces, vous composiez des Iambes dans lesquelles vous dénonciez plus que jamais les excès jacobins !

En vous guillotinant, la Révolution n'a pas assassiné un poète. Elle s'est seulement débarrassée d'un empêcheur de tuer en rond. Votre mort, André, n'avait rien de poétique ; elle fut politique, voilà tout. Et qu'on se le dise une fois pour toutes : ce n'est pas moi qui vous ai tué.

Votre œuvre, en revanche, périra par ma main. Je pourrais la brûler, mais ce serait m'exposer à la fureur des Muses, et je ne peux y consentir. Comme vous, je n'ai jamais cru en Dieu, préférant célébrer le culte des filles de Zeus et Mnémosyne. Or j'aurais bien trop peur d'attirer leur courroux par un tel sacrilège. J'ai déjà réduit en cendres mon *Timoléon* – j'entends vos rires pleins de sarcasmes, je ne peux vous en vouloir ! – et juré, depuis, qu'on ne m'y reprendrait plus. J'avais préféré voir ma pièce périr sur le bûcher de l'Inquisition révolutionnaire que ma tête tomber dans le panier de Sanson. Je l'ai toujours regretté.

Depuis, je prends garde de ne plus rien jeter au feu. Ainsi votre œuvre est-elle préservée des cendres, pas de la disparition. Qui prêtera la moindre attention à une liasse de papiers jaunis, enfermée à double tour dans le tiroir de mon secrétaire, le jour où je ne serai plus là ? On trouvera sûrement vos poèmes, peut-être même les lira-t-on d'un œil distrait, béotien, puis on les remisera au placard, à la cave, au grenier, et ils tomberont dans cette fange du passé qu'on appelle l'oubli. Le temps consume aussi bien, sinon mieux, que les flammes. La postérité n'a de place que pour un seul Chénier, et je ne peux souffrir qu'il porte le prénom d'André. C'est peut-être vous faire mourir une deuxième fois, mais qu'importe ? On m'a accusé à tort la première fois, et je jouis de savoir qu'on ne pourra m'imputer ce second forfait, car aux yeux du monde, André, vos poèmes n'existent pas. Je tiens là ma revanche sur des années de calomnie.

Peut-être pensez-vous que je suis un monstre, qu'il eût été moins cruel de vous percer moi-même le corps d'un coup de dague que de laisser votre œuvre périr ainsi à petit feu. Je n'en ai cure. Après tout, vous n'aviez qu'à rester tranquille. Il ne tenait qu'à vous de vivre, André. Il ne tenait qu'à vous de vivre.

Je ne sais pas pourquoi je vous dis tout cela. J'ignore si vous m'entendez, de là-haut. Il est tard, je vais retourner me coucher. Les Érinyes me poursuivent, je les vois, je les entends. Peut-être devrais-je essayer de les apprivoiser, d'en faire mes sœurs comme vous avez été mon frère. Venez, Mégère, Tisiphone, Alecto, venez troubler le sommeil du vieil homme. Il n'en a plus pour longtemps.

LA PROMESSE DE NIVÔSE

Je le revois peu avant sa mort. C'était en 1806, l'ère vulgaire venait d'être rétablie, j'avais sept ans. Il portait cet habit vert foncé qui ne le quittait jamais, un jabot de dentelle, une culotte de nankin, des bas blancs. Sa mise était impeccable, son allure soignée, ses souliers cirés, ses cheveux poudrés et brossés ; il portait beau. Il me fit asseoir sur ses genoux, dans ce jardin planté de tulipes rouges comme le sang, où un perroquet gris comme le ciel – nous étions en janvier, mais tout le monde disait encore nivôse – psalmodiait d'une voix nasillarde la litanie de jurons que nous lui avions appris.

Ce jardin, il s'y promenait chaque fois que le soleil, quittant sa tanière, dévoilait sa chevelure blonde, soyeuse, il s'y promenait son archet dans une main, sa viole de gambe dans l'autre, et il jouait fort mal de cet instrument aujourd'hui tout à fait oublié.

Il avait le dos voûté, les mains tremblantes, le souffle court ; il n'en avait plus pour longtemps.

La grande faucheuse pouvait le prendre là, tout de suite, ou demain, ou dans un mois. C'était l'affaire de quelques jours, de quelques semaines tout au plus. Il refusait pour autant de se morfondre et de sombrer dans la mélancolie. Il y avait chez lui une farouche volonté de vivre qu'il puisait dans les maux l'accablant jour et nuit, et dont il tirait pourtant une philosophie empreinte de gratitude et de résignation : « La nature est bien faite, disait-il. Elle nous diminue peu à peu avant de nous effacer complètement. »

Cet après-midi de nivôse, il avait décidé, semble-t-il, de pourvoir à mon éducation. Qui, mieux que lui, aurait pu m'apprendre les choses de la vie ? Il avait traversé le siècle comme le marin traverse la tempête, la peur au ventre, les yeux rivés sur l'horizon, sur le maelström de vagues rugissantes, les doigts égrenant un chapelet parce qu'il vaut mieux avoir Dieu avec soi, les mains accrochées au bastingage qu'on ne lâche que pour embrasser furtivement un rosaire parce qu'il faut redoubler de précautions – on n'est jamais trop prudent. En ces temps où la justice exterminait avec une célérité forçant l'admiration, c'était peut-être le seul moyen de survivre. Il fallait donner des preuves de son civisme, mais pas trop : les modérés étaient envoyés à l'échafaud, et parce que ce n'était pas assez, jamais assez, les exagérés aussi ; il fallait choisir son camp, et espérer que l'on fît le bon choix : on pouvait défendre un accusé puis se défendre de l'avoir trop bien défendu, être juge un jour et jugé le lendemain, garder des prisonniers, être gardé à son tour ; il valait mieux être du peuple que de la noblesse ou du clergé, mais on pouvait être issu du peuple et connaître la même issue fatale que la noblesse et le clergé. Vous comprendrez, dès lors, que celui qui avait la charge de donner la mort pût craindre à chaque instant que les rôles s'inversassent et qu'on vînt la lui donner.

Il me caressa la nuque, posa sa lourde main sur mon épaule, et en guise d'incipit me fit promettre une chose : « Promets-moi, Henri-Clément, promets-moi de perpétuer la lignée. » Je ne savais pas de quoi il parlait. Je promis. Les promesses engagent-elles les enfants de sept ans ? Pardonnez-moi, grand-père, si j'ai failli à la promesse de nivôse.

*

« Tu es un Sanson, me dit-il. Toi aussi, un jour, tu seras bourreau. »

C'était la première fois que le tintement lugubre de ce mot parvenait à mes oreilles candides. Ce mot, ce titre, puisque c'en était un, mon grand-père l'exécrait, et il l'eût volontiers rayé du dictionnaire de l'Académie. Il lui préférait celui d'exécuteur des hautes œuvres, et Camille Desmoulins pouvait bien dire « j'appelle un chat un chat, et Sanson bourreau », mon grand-père répondait coup pour coup. Il fit même un procès à Gorsas, ce plumitif immoral

– il fut enfermé à Bicêtre pour avoir compromis de jeunes garçons – qui persistait dans ses torchons à l'appeler bourreau. Eh bien, le bourreau eut gain de cause : quelques mois plus tard, pour de tout autres raisons, Gorsas fut condamné à mort. L'histoire ne dit pas si, au moment où Charles-Henri Sanson lâcha le ressort pour libérer la lame de la guillotine, un rictus narquois se dessina sur la commissure de ses lèvres.

Charles-Henri Sanson, c'était le nom de mon grand-père. C'est le nom, surtout, d'une lignée d'exécuteurs dont l'origine remonte à l'an 1688, quand Charles-Louis Sanson, dit Longval, tomba en pâmoison devant les grâces de Margueritte Jouenne, fille de bourreau. En l'épousant, il entra dans la confrérie, astreignant sa descendance à exercer ce sinistre métier. Car le mort saisit le vif, les exécuteurs passent, la charge demeure : après Charles-Louis, dit Longval, il y eut Charles, puis Charles Jean-Baptiste, puis Charles-Henri, mon grand-père, quatrième du nom. Puis ce fut au tour d'Henri, son fils, et enfin au mien.

« Tu seras bourreau, reprit-il. Comme mes frères... »

Ils étaient sept dans la fratrie. Souvent, Charles-Henri, en sa qualité d'aîné, les invitait à dîner chez lui, rue Neuve-Saint-Jean. Leurs aides faisaient le service et pour s'y retrouver, parmi tous ces Sanson, ils les désignaient du nom de la ville où chacun officiait : il y avait là Monsieur de Tours, Monsieur de Blois, Monsieur de

Reims... Mon grand-père était Monsieur de Paris. Le surnom est resté.

« Comme ton père... », ajouta-t-il.

Mon père, Henri Sanson. Grand, chauve, mœurs austères, exécuteur des hautes œuvres jusqu'à sa mort, en 1840. Laissons-le reposer en paix. Ce n'est pas lui, après tout, qui aura marqué au fer rouge l'illustre lignée des Sanson.

« Et comme ton grand-père. »

Le voilà, le Sanson, le Grand Sanson comme on l'appelait, qui conféra au patronyme ses lettres de noblesse. Ses lettres de noblesse et d'effroi. Il avait commencé tôt, très tôt, dans le métier. À dix-sept ans, il fut de ceux qui supplicièrent Damiens en place de Grève, comme Ravaillac l'avait été deux siècles plus tôt : au feu de soufre on lui brûla le poing droit – celui qui avait tenu le poignard –, et à l'aide de tenailles on ouvrit ses chairs bientôt arrosées d'huile bouillante, de cire et de plomb fondus. Puis il fut écartelé par quatre chevaux, ses membres et son corps réduits en cendres et ses cendres jetées au vent. Tel était le prix à payer pour avoir porté la main sur la personne du roi. Le matin même de son exécution, quand on vint le chercher pour lui lire la sentence, Damiens prononça cette phrase désormais ancrée dans la mémoire collective, cette phrase que l'on se répète depuis à demi-mot, par nuit de pleine lune, à la lueur d'une bougie : « La journée sera rude. »

Rude, elle le fut aussi pour le jeune bourreau, à jamais hanté par les hurlements de cet homme qui s'était vu infliger les pires souffrances, cet homme qui vit son bras gauche puis ses cuisses séparés de son tronc, et qui n'expira qu'une heure plus tard, après que le seul membre qui lui restât fût enfin disloqué.

« On a beau dire, répétait souvent mon grand-père, la guillotine est une grande avancée. C'est le mode d'administration de la mort le plus sûr, le plus prompt et le moins douloureux. » On pouvait le croire sur parole : il avait appliqué la question, pendu des déserteurs, écartelé des parricides, marqué des bagnards au fer rouge, manié le fouet et le merlin... La guillotine, c'était tout autre chose : « Elle aura été la grande affaire de ma vie. » Car en 93, il était devenu la clef de voûte de la Révolution. Il consentit, au nom de la justice et de la société, au nom, peut-être, de la République naissante, au nom – que sais-je ? – de la liberté, de l'égalité, de la fraternité, à devenir l'instrument de la Terreur, le bras armé de Robespierre, du Comité de salut public et du tribunal révolutionnaire. On connaît le mot de Saint-Just, il fallait que les cimetières, et non les prisons, regorgent de traîtres. Aussi la royauté, la noblesse, la Gironde, la Montagne, tout ce que Paris pouvait compter d'hommes, de femmes, parfois même d'enfants, périrent par ses mains dans cette grande frénésie de la décollation.

Et si, justement, on lui demandait : « Combien d'hommes, de femmes, d'enfants ? », il restait évasif : « Je ne sais pas. Beaucoup. Plusieurs centaines... Quelques milliers... » Et pourtant, il savait. Il savait exactement le nombre et le nom de ses victimes pendant la période qui s'étend du 21 janvier 1793 au 9 septembre 1795 : deux mille neuf cent dix-huit, dont mille trois cent soixante-seize en l'espace d'un mois et demi, entre la Loi de prairial et le 9 thermidor, pendant ce qu'on appelle aujourd'hui la Grande Terreur. Ça peut paraître beaucoup, c'est peu au regard de tous les morts qu'a faits la Révolution : entre seize mille et dix-huit mille personnes guillotinées ; mille trois cents massacrées en quelques jours de septembre dans les prisons de Paris ; près de trois mille fusillées à Nantes, plus de deux mille à Avrillé... Et combien à Savenay où Westermann, le général boucher, se vantait d'avoir enterré la Vendée dans les bois et les marais, massacré les femmes, écrasé les enfants sous les sabots des chevaux ? Combien à Lyon, dans la plaine des Brotteaux, où Collot d'Herbois fit donner du canon parce que la guillotine et le fusil étaient trop lents ? Combien à Nantes où Carrier, grand ordonnateur des bains républicains, noyait vieillards, femmes et enfants dans la Loire, sa *baignoire nationale* ? Et combien à Noirmoutier, à Toulon, à Fougères et au Mans ? Combien dans ces villages brûlés, pillés, qui terrorisaient plus que la vue de cent cadavres ? Combien lors des guerres avec l'étranger, et combien lors de celle avec la Vendée ? Cent mille ? Deux cent mille ? Qu'on se le dise :

il n'y a pas que la famille royale qui a succombé en même temps que la monarchie.

Si le nom de mon grand-père est à jamais associé aux morts de la Révolution, ce n'est pas, comme on pourrait le croire, parce qu'il fut l'un des bourreaux les plus prolifiques – d'autres peuvent se targuer d'avoir tué sinon plus, au moins autant que Sanson –, mais parce que ses morts à lui étaient les plus illustres que la France eût connus, parce qu'il fut le témoin direct des derniers instants de ces quelques hommes et femmes dont l'Histoire a retenu les noms.

Il fut celui à qui Marie-Antoinette, après qu'elle lui eut involontairement marché sur le pied, présenta des excuses avant d'aller mourir; il fut celui qui, accompagnant Charlotte Corday, splendide dans son manteau rouge, pleine de grâce alors que la charrette se frayait difficilement un chemin, lui demanda si elle trouvait ça long, et se vit répondre avec désinvolture : « Bah ! Nous sommes toujours sûrs d'arriver... »; il fut celui qui arracha les linges couvrant la mâchoire de Robespierre; celui qui cueillit les dernières paroles de Lantenac – « Vive le roi ! », de Vergniaud – « Vive la République ! », de Danton et de tous les autres. Tout cela, il le racontait volontiers, on ne s'ennuyait jamais avec lui. Il faisait revivre les morts de la faux républicaine, pas seulement les connus, mais ceux tombés dans les oubliettes de l'Histoire, tel ce Joseph Chopin, vingt-trois ans, qui fumait encore sa pipe sur la bascule : « La tête et la pipe sont tombées ensemble dans le panier », telle cette Hélène Vatrin, qui riait aux éclats dans la charrette parce qu'un saltimbanque faisait des singeries pour égayer la marche mortuaire : « Si ses mains eussent été libres, elle eût applaudi le baladin. »

Toutefois, il y avait trois exécutions dont jamais il ne parlait. Sans doute relevaient-elles, dans son panthéon personnel, du domaine de l'ineffable, de l'indicible. Elles l'avaient marqué au fer rouge, et dût-on lui appliquer les brodequins pour lui arracher quelques mots, il se serait laissé torturer en silence, car ces mots auraient à la fois ravivé les remords d'un sujet, le chagrin d'un père et la douleur d'un amant.

Il y avait, d'abord, l'exécution de Louis XVI. Le crime de lèse-majesté par excellence. Celui qui fit de Charles-Henri Sanson le régicide en chef, le dernier maillon d'une chaîne qui devait offrir à la République son Charles Ier. Le roi, mon grand-père l'avait rencontré par deux fois. La première à Versailles, en avril 1789 : « Assailli par mes créanciers, je lui avais adressé une supplique afin que le Trésor me paie les sommes qui m'étaient dues. Ce jour-là, il portait un habit de taffetas lilas brodé d'or, sur lequel brillait la plaque du Saint-Esprit, une culotte courte, des bas de soie et des souliers à boucles. Ébloui par les dorures, le marbre et les cristaux, je ne pouvais me douter que quatre années plus tard, c'est sur l'échafaud que je le retrouverais, et qu'il n'aurait plus ni habit ni souliers, mais seulement une chemise, une veste piquée, une culotte et des bas de soie gris. » Puis il le vit une seconde fois en mars 1792. Ce n'était plus sous les somptueux lambris de Versailles, mais aux Tuileries, tombe anticipée d'une monarchie expirante : « On m'avait mandé pour donner mon opinion sur la forme du couperet. Elle était alors en croissant, et le roi suggéra de lui substituer une ligne oblique. Il avait raison. On guillotine bien mieux depuis. » La dernière fois que Charles-Henri Sanson eut l'honneur de croiser le monarque, ce fut pour lui donner la mort. C'était le 21 janvier 1793, place de la Révolution. Mon grand-père n'en reparla jamais, et mon père lui-même rechignait à raconter cette journée fatidique. Il me dit simplement : « Nous redoutions que l'on attentât aussi bien à la vie du roi qu'à la nôtre. C'est pourquoi nous étions tous deux armés de dagues et de pistolets, dissimulés sous nos habits. Mais tout s'est passé comme prévu. Il n'y eut pas d'incident. » J'appris plus tard que, chaque 21 janvier, mon grand-père fit dire une messe pour le roi, et que chaque soir, jusqu'au dernier jour de sa vie, il s'agenouillait devant le couteau qui avait tranché la tête de Louis XVI, et priait pour le repos de son âme.

Il y avait, ensuite, celle d'un faussaire en assignats. Je ne me rappelle plus son nom ; peu importe : il n'est que le second rôle malheureux d'un drame familial comme chaque famille en connaît. Mon grand-père avait deux fils : Henri, mon père, et Gabriel, plus jeune de deux ans. Henri et Gabriel savaient qu'un jour ce serait eux qui reprendraient le flambeau. Pour le moment, ils fourbissaient leurs armes en prêtant main-forte à leur père. La coutume, on le sait, voulait que l'on exhibât la tête tranchée des suppliciés. L'exécuteur, ou l'un de ses aides, devait l'attraper par les cheveux – ou par l'oreille s'il était chauve, tel Chalier, guillotiné à Lyon, place des Terreaux – et la brandir devant la foule frémissante, furieuse, foule en orgasme de haine lorsque paraissait le bourreau au front carré, dépositaire du pouvoir de tuer. Ce jour-là, c'est Gabriel qui devait se prêter au sinistre rituel. Il prit la tête dans le panier, et la présenta au peuple jamais rassasié. La langue pendait, les yeux étaient révulsés, le sang éclaboussait les habits de Gabriel et se répandait sur les planches de l'échafaud, tout à la joie vengeresse de cette foule qui laissait éclater ses passions les plus viles, ses instincts les plus bas. Gabriel glissa, tomba, se brisa la nuque : « Il n'a pas souffert », me raconta mon père des années plus tard, les yeux voilés de larmes et les lèvres tremblantes.

Il y avait, enfin, celle d'une femme que dans sa jeunesse impétueuse il avait aimée. L'amour, il m'en parlait volontiers : « Tu verras, Henri-Clément, il n'y a que deux choses qui font tourner le monde : le travail et l'amour. Le travail parce qu'il nous permet de vivre, l'amour parce qu'il nous donne une raison de vivre. Tout le reste est superflu. » Mais son premier amour, jamais il ne l'évoquait. Une fois seulement, il dérogea à la règle : « J'ai travaillé aussi longtemps que j'ai pu. Et j'ai aimé, oui, j'ai aimé passionnément. Pas seulement ta grand-mère. Il y eut quelqu'un d'autre avant elle. Elle s'appelait Jeanne, elle était sublime. Tout le monde n'avait d'yeux que pour elle. Et elle, elle offrait ses yeux à tout le monde – c'était là son seul défaut. Elle était éprise d'absolu, incapable de ne pas se donner tout entière. » Il marqua une pause, puis il continua : « Elle travaillait dans une boutique de mode, rue Saint-Honoré. Je savais qu'elle donnait facilement des marques de sa bonté et j'allai la trouver en espérant qu'elle m'en ferait profiter. Je lui promis de la prendre dès le coucher et de ne pas m'en déprendre avant le lever du jour. Je tins parole. » Il poursuivit : « Pendant des semaines, je lui rendis visite chaque jour, et chaque jour qui passait ses yeux m'ensorcelaient. Je ne savais pas que, trente ans plus tard, ces mêmes yeux m'imploreraient de lui laisser la vie sauve. » Il n'avait pas la force d'aller plus loin. C'est mon père, encore une fois, qui me conta la fin de l'histoire : « La jeune fille le délaissa pour épouser un comte. Quelque temps plus tard, Louis XV fit d'elle sa maîtresse, puis sa favorite, l'égale d'une reine à qui seule manquait la couronne. À la mort du roi, obligée de quitter Versailles, elle aurait pu couler des jours heureux au château de Louveciennes, mais quand la Révolution éclata, elle fit afficher la liste des bijoux qu'on lui avait volés sur les murs de Paris, se rappelant ainsi aux bons souvenirs des Jacobins qui ne demandaient qu'à faire payer la ci-devant courtisane. Madame du Barry – puisque c'est d'elle qu'il s'agit –, fut jugée et condamnée à mort. Elle se mit à hurler, implorant la clémence du tribunal, bousculant les gendarmes, inventant de prétendues révélations pour repousser l'exécution. Sur la charrette, elle en appela au peuple : *Je suis comme vous, bons citoyens, ne me laissez pas mourir !* Les bons citoyens, alanguis par cette femme horrifiée, cette femme jadis la plus belle du royaume maintenant enlaidie par l'embonpoint, l'angoisse et le chagrin, baissaient la tête et gardaient le silence. Arrivée sur l'échafaud, elle se tourna vers ton grand-père, son ancien amant qu'elle n'avait pas revu depuis leur idylle de jeunesse, des siècles plus tôt. Elle lui dit : *N'est-ce pas que vous ne me ferez pas mourir, pas vous ?* Ton grand-père ne put réprimer quelques larmes et dut me laisser accomplir le reste des opérations. Le cou dans l'échancrure du billot, elle me dit encore : *Pas tout de suite, encore un moment monsieur le bourreau, je vous en prie !* Ce furent ses derniers mots. »

Hormis la mort du roi, de son fils et de celle qui avait été sa maîtresse, mon grand-père nous livrait de bonne grâce les scènes dont il fut le témoin. Il me raconta, cet après-midi de nivôse, son quotidien au temps de la Révolution, le chapeau haut de forme et légèrement bombé dont il se coiffait chaque matin, sa redingote de couleur sombre et son surtout rouge sanglant, ces interminables journées quand il se présentait au cabinet de Fouquier-Tinville, les charrettes qu'il devait alors se procurer, qu'il payait quinze francs, plus cinq francs de pourboire au charretier. Il me parlait de tout ça et entre deux phrases il goûtait le silence, ce silence qui, toute sa vie, où qu'il allât, quoi qu'il fît, l'avait précédé et suivi. Car toute sa vie il avait inspiré l'horreur, suscité la haine, attisé la crainte et le mépris. Trop malheureux d'avoir à punir ceux qui par leurs crimes avaient provoqué les anathèmes de la justice, il devait encore en partager l'opprobre et l'infamie.

Il parlait de tout ça avec naturel, comme un chapelier parlerait de ses chapeaux, un forgeron de son enclume, ou un tonnelier de ses tonneaux. « Toi aussi, répéta-t-il comme s'il avait besoin de le ressasser encore et encore pour que l'idée s'ancrât éternellement dans mon esprit : un jour, tu seras bourreau. »

Il avait raison : je n'ai pas échappé à mon destin. J'aurais pu devenir chapelier, justement, ou forgeron, ou tonnelier ou chirurgien. Chirurgien... Ne l'ai-je pas été, certes à ma manière, mais tout de même ? N'est-il pas contraint, pour sauver une vie, d'amputer un bras ou une jambe gangrenés ? Il en va de même pour le bourreau : quand l'un des membres du corps social présente trop de dangers, il en fait le sacrifice pour préserver la société. Les beaux esprits objecteront qu'il y a là une différence, et de taille. Ils n'auront pas tort : quant à la dimension du couteau.

Aurais-je été plus heureux chapelier, forgeron, tonnelier ou chirurgien ? Rien n'est moins sûr. L'homme, on le sait, est un éternel insatisfait : celui dont les mains calleuses s'échinent sur le soc d'une charrue pour remuer la glèbe mènerait volontiers la morne et néanmoins confortable existence d'un commis, lequel, au lieu de se morfondre pendant des heures dans un bureau, serait heureux d'empoigner de temps à autre par les cheveux une tête fraîchement guillotinée, se substituant ainsi au bourreau qui lui-même ne demande qu'à laisser les têtes pour faucher des blés.

« Tu seras bourreau car c'est un beau et noble métier... »

Je repense à ces paroles quarante ans plus tard. J'y repense et je ne peux y souscrire. C'est un métier utile, indéniablement : l'exécuteur est le garant de la paix sociale. Car enfin, que craignent les criminels ? Ni le juge qui prononce la sentence ni le greffier qui la rédige. Ni la bouche de la loi ni la plume qui la transcrit. Ce qu'ils redoutent, ce qui les fait trembler, c'est le glaive du bourreau.

Un métier utile, donc. Mais un beau et noble métier ? Dans l'accomplissement de sa charge, le bourreau est amené à tuer. Oh, il n'y a rien d'humiliant à cela : c'est le bien de l'État qui le commande. Et puis n'honore-t-on pas les soldats qui ont précisément pour métier la mort des hommes ? D'ailleurs, s'il y a une différence, elle est assurément à l'avantage du bourreau. Car le soldat, à qui donne-t-il la mort ? À des innocents, à de fort honorables gens, à de bons pères de famille qui pas plus qu'eux ne demandent à être là, sur un champ de bataille, entre la mitraille et les baïonnettes, sous la pluie, celle qui mouille et celle qui tue, celle qui tombe du ciel et celle que crachent les canons, de bons pères de famille qui s'ils le pouvaient tomberaient l'uniforme, poseraient shakos et mousquets, rentreraient chez eux s'asseoir au coin de l'âtre, ôteraient leurs guêtres et leurs souliers pour chauffer à la flamme leurs pieds nus. Pendant que, dans l'exercice de ses fonctions, le bourreau respecte l'innocence et ne donne la mort qu'à des coupables, en tout cas aux yeux de leurs juges, à des hommes et des femmes dûment condamnés, des hommes et des femmes qui, pas toujours mais le plus souvent, l'ont amplement méritée. La Révolution ne s'y est pas trompée : après Thermidor, la plupart des exécuteurs de France furent jugés, et la plupart acquittés. Nous ne sommes que la hache. Or, fait-on le procès d'une hache ? La hache est utile, mais la hache n'est pas belle, et la hache n'est pas noble. Qu'y a-t-il de beau dans la mise à mort ? Qu'y a-t-il de noble à tuer son prochain ? Je le dis sans ambages : rien.

Mon grand-père avait beau prétendre le contraire, personne n'était dupe : il n'aimait pas son métier. Il était devenu bourreau parce qu'il fallait subvenir aux besoins de sa famille, parce que la charge lui avait été transmise et qu'il lui incombait de la transmettre à son tour : « Pas plus qu'un roi, disait-il, un exécuteur ne peut abdiquer. » Ou s'il l'aimait, alors pourquoi lui arrivait-il de voir des taches de sang se dessiner sur la nappe de la table à manger, pourquoi gardait-il sans cesse ce regard triste, plein de mélancolie, pourquoi, la nuit, s'éveillait-il en sursaut, le front trempé de sueur, le cœur prêt à lâcher ?

Ses démons, il les chassait aux sons d'une viole, dans la quiétude d'un jardin : « Il n'y a que les fleurs et la musique qui parviennent encore à m'apaiser. » Il avait de la chance : c'était toujours mieux que noyer son mal-être dans les plaisirs de la chair, les jeux d'argent et le vin – ce que j'ai fait.

*

Je sais bien ! Jamais je n'aurais dû... Mais enfin, comprenez que j'étais acculé ! Je n'avais plus rien ! Je n'allais tout de même pas attendre sagement à Clichy que l'on acquittât mes dettes ! Bien sûr, je ne peux m'en prendre qu'à moi-même ! Mais que croyez-vous ? Qu'il est facile d'endosser chaque jour le costume du bourreau ? Alors, me direz-vous, je n'ai eu que dix-huit têtes à couper en sept ans. Eh bien, justement : j'ai beau réprouver ce métier, il y a quelque chose que j'exècre encore plus : l'ennui. Et l'ennui, croyez-moi, vous gagne rapidement quand on vous sollicite une fois tous les six mois pour envoyer quelque malheureux *ad patres.* Le reste du temps, puisqu'il faut bien s'occuper, on s'occupe.

Je me savais atteint d'un vice qui outrage les lois de la nature, mais je le réprimai aussi longtemps que je le pus – tout au moins en public, aux yeux de la société. Je pris une femme, lui fis trois enfants ; les apparences étaient sauves. Mais bientôt mes démons surgirent à nouveau, et je finis par céder : j'allais dans les tripots, au rendez-vous des amours vénales et des tendresses éphémères. Il y avait toujours le défi d'un corps à satisfaire, le galbe d'un mollet, un torse glabre, des moustaches frisées, un grain de peau mulâtre, une odeur de musc, de sueur et de romarin.

J'y passais mes journées, à boire et à baiser. Et le soir je rentrais, je reprenais ma vie de bourgeois respectable, j'allais au théâtre, à l'Opéra, j'étais reçu à dîner. Je rencontrais Balzac, Dumas, Vidocq, Appert, et même Hugo, qui honnissait ma fonction : il fit paraître deux livres, *Le Dernier Jour d'un condamné* et *Claude Gueux*, véritables réquisitoires contre la peine de mort. Il me dit un jour : « Vous savez, Henri-Clément, l'édifice social du passé reposait sur trois colonnes, le prêtre, le roi, et le bourreau. Il y a déjà longtemps qu'une voix a dit : *Les dieux s'en vont !* Puis une autre voix s'est élevée et a crié : *Les rois s'en vont !* Il est temps, maintenant, qu'une troisième voix s'élève et dise : *Le bourreau s'en va!* » En attendant, c'est une quatrième voix, la mienne, qui s'éleva et lui dit : *L'écrivain se tait!* Je regrette de ne pas avoir été plus virulent. J'avais pensé lui demander : *Et Hugo, il la ferme quand sa gueule?* Mais c'était Hugo, et on n'insulte pas Hugo, ou si on l'insulte c'est au risque de se trouver un jour dans ses écrits, grimé sous les traits d'un personnage peu avenant, figé dans des pages destinées à la postérité.

J'ignore si le bourreau s'en ira un jour, mais ce jour n'est pas encore arrivé. Il était de bon ton, dans les dîners, de dire « j'ai vu Sanson l'autre soir », alors on m'invitait, et je ne boudais pas mon plaisir. On me demandait de raconter mes exécutions, on voulait voir la guillotine, et parfois même l'essayer. Hugo, d'ailleurs, l'a écrit dans ses carnets : moyennant quelque paraguante, j'accédais aux requêtes des curieux et guillotinais tantôt une botte de foin, tantôt, si l'on payait bien, un mouton. Un jour, une famille anglaise, le père, la mère et trois jeunes filles, se présenta chez moi. Ils voulaient voir la guillotine. Je fis jouer l'instrument plusieurs fois, mais la plus jeune des trois filles n'était pas satisfaite.

— Monsieur Sanson? dit-elle timidement. Comment fait-on quand l'homme est sur l'échafaud? Comment l'attache-t-on?

Je lui expliquai la chose et lui dis : nous appelons cela *enfourner*.

— Eh bien, Monsieur Sanson, dit la jeune fille, je désire que vous m'enfourniez.

Je tressaillis. Je me récriai. La jeune fille persista.

— C'est une idée que j'ai, dit-elle, de pouvoir dire que j'ai été attachée là-dessus.

Je m'adressai au père, à la mère. Ils me répondirent :

— Puisque c'est son envie, faites.

Il fallut céder. Je fis asseoir la jeune miss, lui liai les jambes d'une ficelle, les bras d'une corde derrière le dos, l'attachai sur la bascule et l'y bouclai avec la ceinture de cuir. Je voulus m'en tenir là.

— Non, non, il y a encore quelque chose, dit-elle.

Je la couchai sur la bascule, plaçai sa tête dans la lunette et refermai sur elle le capuchon. Alors elle se déclara satisfaite.

Tant mieux ! Car je vis le moment où elle allait me dire : « Il y a encore quelque chose. Laissez tomber le couteau. »

Cette curiosité morbide était largement partagée. Alors que pendant des siècles on avait à peine toléré l'existence du bourreau, voilà qu'on recherchait désormais sa compagnie. J'étais devenu un homme du monde, ou du moins étais-je considéré comme tel. Je me ruinais en chevaux, collectionnais meubles et tableaux, me faisais habiller chez les meilleurs tailleurs de Paris, et dépensais au jeu le peu de fortune qui me restait. Bientôt, je dus me rendre à l'évidence : j'étais criblé de dettes.

L'ombre de Clichy se faisait de plus en plus

menaçante. Chaque matin, j'avais peur qu'un recors vînt me trouver au saut du lit pour m'y emmener de force. Et comme ils n'avaient ni le droit d'appréhender leurs victimes hors de Paris, ni de le faire pendant la nuit, je partais dès l'aube pour les faubourgs, passais la journée dans de sombres bouges, et rentrais chez moi une fois le soleil couché.

Ce petit jeu dura quelques mois. Puis la justice, qui semblait m'avoir oublié, me donna à nouveau du travail : un homme qui avait tenté d'assassiner Louis-Philippe fut condamné à mort. Je procédai à l'exécution, et rentrai tranquillement chez moi quand les recors, qui toute la journée m'avaient discrètement suivi, m'appréhendèrent pour m'emmener en prison. Je passai quelques jours à me morfondre derrière les barreaux, puis me vint une idée : la guillotine m'appartenant, je pouvais tout à fait la mettre en gage chez mon créancier. Libre mais ruiné, je vécus pendant plusieurs semaines en priant que la justice soit clémente. Elle le fut jusqu'à hier soir. J'allai trouver mon créancier pour le supplier de me restituer mon instrument de travail, ne fût-ce que le temps de procéder à l'exécution. Il ne voulut rien entendre. Alors je dus me rendre à l'hôtel de Bourvallais, place Vendôme, pour exposer au ministre ma situation. Les bois de justice furent rachetés, je guillotinai ma dernière victime, et fus révoqué sur-le-champ. C'était il y a une heure.

*

Les pâles rayons du soleil d'hiver font encore miroiter l'acier poli de la lame. Et sur cette lame j'aperçois le reflet de mon grand-père, c'est lui, j'en suis sûr, avec son habit vert, son jabot de dentelle, sa culotte de nankin, ses bas blancs. Il a le regard sévère de celui qui a été trahi.

Voilà, vous savez tout. Vous savez comment j'ai laissé s'éteindre la lignée, vous savez pourquoi plus jamais un Sanson ne célébrera la messe rouge sur l'autel de la patrie, pourquoi les Gorsas et les Desmoulins peuvent bien se retourner dans leur fosse autant qu'ils le veulent : un chat s'appellera toujours un chat, mais pour le reste...

Que vais-je faire maintenant que je ne suis plus Monsieur de Paris ? Ma femme m'a quitté, ma maison a été vendue, mon fils est mort et mes filles sont mariées. Rien ne me retient ici. Je serais bien parti pour l'Amérique, avec ses nouveaux usages, ses forêts vierges, ses immenses fleuves célébrés par Cooper et Chateaubriand. Mais je suis trop vieux. On ne change plus de vie à mon âge. De monocle, peut-être, mais pas de vie.

Alors je vais me retirer à la campagne, avec mes archives, ma bibliothèque et mon piano, dans un lieu si calme que rien ne pourra m'y rappeler la funeste occupation de ma vie antérieure. On ne saura pas qui je suis, ni ce que j'ai fait pendant toutes ces années. On m'appellera monsieur Henri, tout simplement. Je cultiverai mon jardin, jouerai du piano comme jadis Charles-Henri jouait de la viole, et j'écrirai peut-être l'histoire de ma famille. À défaut d'avoir perpétué la lignée, je perpétuerai sa mémoire. Pour rendre hommage aux Sanson. Et honorer, partiellement, la promesse qu'un petit garçon fit à son grand-père un après-midi de janvier, quand tout le monde disait encore nivôse.

MON PLUS GRAND FAIT D'ARMES

Certaines humiliations relèguent les plus intolérables souffrances au rang de simples égratignures. Il y a deux jours, dans cette foutue plaine de Borodino, j'ai pris un boulet de canon juste au-dessous de la taille. Je vais crever, je le sais, tout le monde le sait – c'est d'ailleurs pour ça qu'on m'a fait général. Il m'aura fallu attendre d'être sur mon lit de mort pour qu'on s'occupe enfin de mon avancement ! Ça me fait une belle jambe, si j'ose dire...

Depuis deux jours, je souffre le martyre dans cette abbaye où au milieu des cadavres s'entassent les blessés. Et pourtant, la douleur est moins vive que l'offense d'un maréchal il y a quelques années.

C'était en 1805, il y a maintenant sept ans. Je n'étais pas encore colonel, encore moins baron de l'Empire, mais chef d'escadron au 7e hussards, et faisais partie de la cavalerie du 3e corps de la Grande Armée où je vivais de balles, de coups et de victoires. On louait mon intelligence, les hommes me respectaient, ou alors ils me craignaient, ce qui est une certaine forme de respect.

Jusqu'à ce que l'on m'apostrophe devant le reste de l'unité :

— Dites-moi, Méda, vous vous appeliez Merda il y a quelques années, n'est-ce pas ?

— Oui, Monsieur le Maréchal. Mais j'ai fait enlever le « r », vous comprenez...

— C'est dommage, vous portiez si bien votre nom !

Une seule lettre vous manque, et tout est dépeuplé : les plaisanteries scabreuses, les rires gras, les bras qui se tendent et les mains qui vous montrent du doigt ; rajoutez-en une, et le cirque recommence. C'est ce qu'il avait fait. L'homme qui venait de m'infliger les lazzis de tant d'autres n'était pas n'importe qui : il avait pris le fort d'Aboukir, s'était battu contre les Mamelouks, au pied des pyramides, où quarante siècles d'histoire le contemplaient. Très jeune, il avait été élevé à la dignité de maréchal d'Empire, dès la première promotion, celle de 1804, celle de Bernadotte, de Brune, de Murat et de Ney. Et pourtant, le mot de l'Empereur à Talleyrand lui siérait à merveille : de la merde dans un bas de soie. Oui, voilà ce qu'il était. Et ce qu'il est encore aujourd'hui.

Ce n'était pas la première fois qu'il humiliait un soldat. Il semblait prendre un plaisir sadique à rabaisser quiconque se trouvait au-dessous de lui, or tout le monde, hormis l'Empereur, s'y trouvait. S'il y en avait que cela révoltait, personne n'osait rien dire, tous courbaient l'échine, parce qu'il était un génie militaire, un grand stratège, écouté par tous et par tous encensé ; et ce génie militaire, ce grand stratège sur le berceau duquel les dieux de la guerre se sont penchés, espère aujourd'hui que d'un revers de la main la grandeur du soldat éclipsera la bassesse de l'homme. Qu'on le laisse se bercer d'illusions : il compte se ménager un avenir au-delà de la tombe ; le temps fera justice de ses prétentions.

Ce jour-là, il avait décidé de m'humilier. Devant ses hommes, dont certains étaient aussi les miens, il m'avait traité comme une merde, en rajoutant ce « r » que j'avais amputé de mon patronyme d'origine, pour le plaisir d'un bon mot. Un bon mot qui devait se répandre comme une traînée de poudre afin que, de la cavalerie aux régiments d'infanterie, tout le monde pût en profiter.

Inutile de fatiguer ma voix en citant son nom, vous l'avez sans doute reconnu. Pourquoi m'en voulait-il ? Pendant longtemps, je l'ignorai. Ce qu'il me reprochait, je le sus bien plus tard, c'était d'avoir donné un coup de pistolet plusieurs années auparavant, une nuit de juillet 1794, la nuit du 9 au 10 thermidor an II.

*

Cette nuit-là, le tocsin sonnait, sur les quais, sur les places, dans les rues, sur les ponts on battait le rappel, et les gueules des canons étaient tournées contre l'Hôtel de Ville où Robespierre et ses complices avaient trouvé refuge.

J'étais alors simple gendarme, et par un concours de circonstances, je fus le premier à pénétrer dans l'enceinte où ils passaient les dernières heures de leur vie. Je pensai alors à La Rochejaquelein, haranguant du haut de ses vingt ans les milliers de paysans venus se soulever contre l'armée républicaine : « Si j'avance, suivez-moi, si je recule, tuez-moi, si je meurs, vengez-moi. » La baïonnette au fusil, j'entrai dans la salle du Conseil, pris le couloir de gauche, parai aux coups des derniers fidèles du tyran, me frayai un chemin jusqu'au secrétariat dont je poussai la porte. Et soudain je les vis.

Ils étaient là, tous là, les futurs vaincus de Thermidor : Augustin-Bon, dit Bonbon, ou Robespierre le jeune, croisé jadis dans une maison de la rue Vivienne, un endroit mal famé où agioteurs, marchands d'or et ribaudes se soûlaient à la vinasse dans des ciboires rapinés aux églises ; Hanriot, que depuis le balcon de l'Hôtel de Ville Coffinhal – cet abruti de Coffinhal, celui-là même qui avait dit, lors du procès de Lavoisier, que la République n'avait pas besoin de savants –, précipiterait bientôt dix mètres plus bas ; Simon, le cordonnier Simon, vil précepteur du dauphin, qui lui apprenait comment chanter la carmagnole et insulter les aristos, le récompensait en rasades d'eau-de-vie – un gosse de huit ans ! –, se faisait servir par icelui, et de temps à autre lui flanquait des taloches à lui décrocher la mâchoire; Saint-Just, parce qu'on ne peut tuer innocemment et que les grands hommes ne meurent pas dans leur lit; mais aussi Couthon, Lebas, Dumas... Seul manquait David, David le poltron, qui la veille encore avait promis à Robespierre de boire la ciguë avec lui, et se terrait depuis loin de l'agitation des Tuileries. Qu'on le sache : on peut avoir peint *La Mort de Socrate*, et être trop pleutre pour mourir *comme* Socrate.

Je les vis tous, et je le vis, lui, le traître, le valet de Cromwell, l'homme mué en principe et le principe fait glaive, celui qui incarnait la Terreur comme les Louis avaient incarné l'Ancien Régime et comme un général corse incarnerait bientôt le nouveau. Mais la terreur, la sainte terreur, avait changé de camp, et le glaive allait se retourner contre lui, idole pourrie d'un idéal qu'il avait façonné à son image : implacable et froid. Il avait fait trembler Paris et la France, il avait fait guillotiner ses rivaux, et de leurs cadavres s'était construit un marchepied vers la satisfaction de ses ambitions personnelles, sans voir qu'il grimpait peu à peu les degrés de l'échafaud.

Il était assis dans un fauteuil, les coudes sur les genoux, la tête entre les mains. Il savait que tout était fini. Je bondis à ses pieds en mettant la pointe de mon sabre au niveau de son cœur et lui dis : « Rends-toi, traître ! » Il releva la tête, répliqua : « C'est toi, le traître ! Je te ferai fusiller ! » Puis il prit un pistolet, mais je dégainai plus vite, et presque à bout portant lui transperçai la mâchoire. Il s'effondra.

C'était la cohue. Robespierre le jeune se jeta sur le pavé de la place de Grève, au pied de la colonne Bourdon, Lebas se donna la mort, Couthon, abandonné par ses porteurs, chuta dans l'escalier d'où il essaya de s'enfuir en rampant. Nous n'avions plus qu'à cueillir les maîtres de la veille pour les ramener à ceux du lendemain, afin qu'ils se prononcent sur leur sort qui déjà ne faisait aucun doute.

*

Tel fut le récit que je livrai aux députés, car tel fut le récit que l'on attendait de moi. La Convention avait tout intérêt à donner une caution plébéienne au coup d'État qu'elle avait fomenté. Que la première pierre fût jetée par un homme du peuple accréditait cette thèse dont tout le monde semblait s'accommoder. On me félicita, puis on se félicita de m'avoir félicité. J'eus même, honneur suprême, l'accolade de Collot d'Herbois, qui présidait l'Assemblée.

J'étais jeune, je vivais à une époque où s'enorgueillir d'avoir assassiné un homme pouvait vous assurer une carrière – si l'homme était détesté. Et de tous les hommes qui vivaient à Paris en thermidor, Robespierre était le plus détesté. Alors je tus la vérité. Mais je peux bien vous la dire, à vous qui comme moi allez mourir. Après tout, nous sommes frères en cette abbaye perdue quelque part dans un coin de Russie.

Alors approchez, tendez l'oreille une dernière fois avant d'expirer : la vérité, c'est que lorsque j'entrai dans l'Hôtel de Ville, Robespierre gisait déjà à terre, un pistolet à la main. Le sang coulait de sa bouche, il s'était suicidé. Il avait préféré une mort à l'antique, être Cassius, Brutus ou Caton, plutôt que Vergniaud, Hébert ou Danton. Mais il s'était raté. Il avait la mâchoire brisée, la joue percée; il vivait encore. Il était agité de spasmes, gémissait, demandait en vain qu'on l'achevât. J'aurais pu l'abattre, finir le travail. Je ne le fis pas. Je voulais qu'il souffre. Qu'il connaisse son chemin de croix; il le connut.

Ramené dans l'antichambre du Comité de salut public, allongé sur une table, il dut pendant des heures subir les avanies de ceux qui la veille encore se prétendaient ses amis avant qu'un chirurgien vînt enfin le panser.

Comme il tentait de dégrafer les jarretières de sa culotte, un homme l'y aida, et Robespierre, comme si la Révolution se finissait avec lui, le remercia comme on remerciait sous l'Ancien Régime : « Monsieur, je vous remercie », dit-il. Il n'y avait plus ni tutoiement ni citoyen.

Puis il endura son supplice comme Jésus couronné d'épines, sans qu'un Simon de Cyrène vînt l'aider à porter sa croix, sous les railleries d'une foule qu'on n'avait jamais vue si nombreuse, une foule fiévreuse qui regardait les charrettes cahoter, écoutait le grincement des roues sur les pavés, applaudissait à tout rompre. Devant la maison Duplay, où Robespierre avait passé les dernières années de sa vie, le convoi fut arrêté. Un enfant de dix ans, peut-être douze, trempa un balai dans un seau rempli de sang de bœuf et aspergea la porte du logis. Et Robespierre, déjà pâle, devint blême, ferma les yeux et baissa la tête, pour dérober à la foule des larmes qu'il essayait de contenir. Sur l'échafaud, il n'eut même pas le souci de trouver un bon mot. N'est pas Danton qui veut. Le couperet tomba. Et le rideau de cette grande pièce qu'avait été la Révolution tomba avec lui.

Voilà la vérité, l'âpre vérité. Mais qu'importe s'il faut la travestir. Après tout, personne n'en saura jamais rien. Vous savez, mon brave, j'ai reçu des coups de sabre dans le dos, j'ai poursuivi, à Mariazell, le corps d'un feld-maréchal à la tête de cent cavaliers, j'ai été laissé pour mort à Marengo, et j'ai quelque raison de croire que la victoire à Iéna ne me fut pas étrangère. Et pourtant, mon plus grand fait d'armes n'est pas l'œuvre du soldat de la Grande Armée, mais du gendarme hâbleur qui escomptait quelque gloire d'un récit largement inventé. Mon plus grand fait d'armes n'est pas d'avoir tiré sur le tyran, mais de l'avoir prétendu, tout simplement. L'Histoire balbutie, tâtonne, et parfois c'est la légende qui finit par l'emporter. Elle se nourrit de ses lacunes, et c'est très bien comme ça.

Bibliographie

Les récits de ces hommes et femmes qui ont connu l'échafaud n'auraient pas pu être écrits sans les travaux d'écrivains et d'historiens envers qui je suis redevable. Le lecteur qui voudrait se documenter pourra notamment consulter :

Pour *C'est la fin qui couronne l'œuvre :*

J.-D. Bredin, *On ne meurt qu'une fois, Charlotte Corday*, Fayard, 2006.

G. Mazeau, *Le bain de l'histoire : Charlotte Corday et l'attentat contre Marat (1793-2009)*, Champ Vallon, 2009.

M. Onfray, *La religion du poignard, éloge de Charlotte Corday*, Galilée, 2009.

Pour *La gorge de la reine :*

A. Fraser, *Marie-Antoinette*, Flammarion, 2006.

E. Lever, *Marie-Antoinette, La dernière reine*, Gallimard, 2000.

P. Sipriot, *Les soixante derniers jours de Marie-Antoinette*, Plon, 1993.

S. Zweig, *Marie-Antoinette*, Le Livre de Poche, 1999.

Pour *Le banquet :*

F. Furet, M. Ozouf (dir.), La Gironde et les Girondins, Payot, 1991.
A. Granier de Cassagnac, Histoire des Girondins et des massacres de septembre.
A. de Lamartine, Histoire des Girondins.
C. Nodier, Le dernier banquet des Girondins.

Pour *Elle avait rougi :*

J. Bertaut, *Amours tendres et tragiques*, Amiot Dumont, 1952.
A. Chuquet, *Adam Lux*.
H. Welschinger, *Adam Lux et Charlotte Corday*.
S. Zweig, *Adam Lux*, Publication de l'Université de Rouen, 1995.

Pour *Tu montreras ma tête au peuple :*

F. Bluche, *Danton*, Perrin, 1999.
G. Büchner, *La mort de Danton*, Flammarion, 1998.
L. Madelin, *Danton*.
H. Wendel, *Danton*, Payot, 1983. (Je lui dois notamment l'effrayant *Clic ! Clac ! Boum !* de la guillotine.)

Pour *Le plus grand esprit français du siècle dernier :*

B. Bensaude-Vincent, *Lavoisier, Mémoires d'une révolution*, Flammarion, 1998.
L. Scheler, *Antoine-Laurent Lavoisier*, Seghers, 1964.

Pour *Lantenac à la Conciergerie (Genèse de l'œuvre)* :

A. Dumas, *Le comte de Monte-Cristo*, Folio, 1998.
A. France, *Les dieux ont soif*, Le Livre de Poche, 2003.
V. Hugo, *Quatre-vingt-treize*, Le Livre de Poche, 2001.
P. Michon, *Les Onze*, Folio, 2011.

Pour *Caïn de l'an II* :

J. Goulemot, J.-J. Tatin-Gourier, *André Chénier : poésie et politique*, Minerve, 2005.
R. Jean, *La dernière nuit d'André Chénier*, Albin Michel, 1989.
F. Kermina, *Les dernières charrettes de la Terreur*, Perrin, 1988.
H. Troyat, *Le pas du juge*, Ed. de Fallois, 2009.
G. Walter, *André Chénier : son milieu et son temps*, R. Laffont, 1947.

Pour *La promesse de nivôse* :

B. Lecherbonnier, *Bourreaux de père en fils – Les Sanson – 1688-1847*, Albin Michel, 1989.
B. Levy, *Une dynastie de bourreaux – Les Sanson*, Mercure de France, 1989.
C.-H. Sanson, *La Révolution française vue par son bourreau : Journal de Charles-Henri Sanson*, Le Cherche Midi, 2007.

Pour *Mon plus grand fait d'armes* :

L. Dingli, Robespierre, Flammarion, 2004.
J.-F. Fayard, A. Fierro et J. Tulard, *Histoire et dictionnaire de la Révolution française 1789-1799*, R. Laffont, 1997.

J. Garnier, in J. Tulard (dir.), *Dictionnaire Napoléon*, Fayard, 1999.

Enfin, *pour comprendre la Révolution, la guillotine et la Terreur :*

D. Arasse, *La guillotine et l'imaginaire de la Terreur*, Flammarion, 2010.

S. de Bohm, *Prisonnière sous la Terreur* – Mémoires d'une captive en 1793, Cosmopole, 2006.

J.F. Fayard, *La justice révolutionnaire – chronique de la Terreur*, R. Laffont, 1999.

F. Furet, M. Ozouf, *Dictionnaire critique de la Révolution française*, Flammarion, 2007.

P. Gueniffey, *Histoires de la Révolution et de l'Empire*, Perrin, 2011.

G. Lenotre, *La Révolution par ceux qui l'ont vue*, Grasset, 1989.

G. Lenotre, *Sous le bonnet rouge*, Grasset, 1989.

J. Michelet, *Histoire de la* Révolution *française*, Folio, 2007.

DU MÊME AUTEUR

TU MONTRERAS MA TÊTE AU PEUPLE (Folio n° 5849)

Composition Cmb graphic
Impression Novoprint
à Barcelone, le 20 octobre 2014
Dépôt légal: octobre 2014

ISBN 978-2-07-045967-4 / Imprimé en Espagne.

269934